邱筱園詩集

日治時期
臺灣漢詩人

李嘉瑜 編著

邱筱園先生照片

說明：邱筱園先生與家人在銅鑼圈故宅前的莊園合影。圖中前排（自右而左）
為邱筱園先生、五子邱維藩、孫女邱瓊英與妻子袁藻妹。後排是次子邱
維嶽（左一）、三子邱維垣（左二）。（邱逢琛先生提供）

邱筱園先生畫像

說明：邱筱園先生熱心教育，早年曾擔任書房教師，在銅鑼圈創立育英義塾、
維新學堂、慕甯山館等漢文義塾，後轉而經營實業，開辦農場，創設茶
工廠，亦精通中醫，常於鄉里義診。在日治時期的民主選舉中，他曾膺
任第一屆與二屆民選之龍潭庄協議會員，是龍潭地區極受尊崇的士紳。
（邱逢幹先生提供）

《詩報》書影之一

說明：《詩報》是日治時期臺灣發行最久的傳統文學刊物，昭和5年（1930）
　　　創刊於桃園，邱筱園先生曾為其創刊號撰寫發刊詞，亦長期擔任《詩
　　　報》顧問，這也是他發表漢詩的主要場域。

《詩報》書影之二

說明：1942年5月6日發行的《詩報》第271號，刊載魏潤庵等人哀悼邱筱園先生的輓詩。第一欄左三為魏潤庵的〈筱園先生千古〉：「舊學悲凌替，為君有幾人。課耕茶是業，避俗竹為鄰。雞黍期難再，鴻泥跡易陳。騷壇同抗手，回首感前塵。」其後依次是陶社社員一同的〈哭邱筱園先生〉，吳錦來的〈哭邱筱園先生〉，德山富彥的〈哭邱筱園先生〉與邱榮習的〈哭筱園夫子〉。

《臺灣教育》書影

⑭ 古　松　四十首錄四　　　　　簍都選

大夫受封愧虛榮、　托足蓬山顯影消。　　自避秦封來海外、
却因閒散得長生。　　　　　　　　　　第一名　　邱筱園

大夫志節本堅貞、　不向官場勤送迎。　　自受秦封歸隱後、
逍遙崖谷得長生。　　　　　　　　　第二名　　張善從

嶺顛松樹老猶榮、　自古傳來代幾更。　　生長也經多少歲、
山中甲子不知名。　　　　　　　　　第三名　　鍾元善

鬱翠蒼松代幾更、　泰山曾賜大夫名。　　千年既古龍鱗老、
恐怕風雷雲雨生。　　　　　　　　　第四名　　鍾盛鑫

說明：《臺灣教育》的前身是《臺灣教育會雜誌》，臺灣教育會是日治時期官方為推廣新式教育鼓吹各地成立的組織，成員多為公學校與書房之教師。《臺灣教育》除宣傳教育政策外，亦有漢詩專欄。圖為《臺灣教育》311號，1928年7月1日，刊載邱筱園先生之〈古松〉，四十首錄四，第一名。

〈全島市會議員及街庄協議會員一覽表〉書影

說明：1935年11月22日臺灣舉行第一次殖民地選舉，這也是臺灣史上第一次民主選舉，此次選舉將使本島的市議會及街庄議會，在官派的議員之外，另有一半的議員由人民投票產生。邱筱園先生在這次選舉中，膺任民選之龍潭庄協議會員，任期四年，其後在1939年再次連任。圖為1935年11月29日臺灣新民報社發行之〈全島市會議員及街庄協議會員一覽表〉。

邱筱園先生告別式之照片

說明：1942年4月7日邱筱園先生去世，4月10日在銅鑼圈故宅舉行告別式，
二圖為告別式當時，鄉里群眾悼念致祭與出殯之情景。（邱逢琛先生
提供）

蕭慶壽先生弔詞之手稿

說明：蕭慶壽先生是日治時期龍潭銅鑼圈地區的重要士紳，他曾與邱筱園先生
同時膺任民選之龍潭庄協議會員，合力創設高原國小，並同為陶社詩
友，二人交情甚篤。（邱逢琛先生提供）

邱筱園先生銅鑼圈故宅之照片

說明：《詩報》第109期（1935年7月），有陶社成員的〈竹山巖即景〉28
首，這是一次在邱筱園先生銅鑼圈故宅所舉行的擊鉢吟，鍾玉英有詩
云：「小齋名自別，俯仰獨能勝。柑桔庭前勝，桑麻野外興。碧山環翠
翠，綠竹映層層。另有乾坤處，先生樂未曾。」另一成員羅戊春亦稱：
「岩室騷壇啓，才高擬少陵。鉢聲催雨後，花木可神凝。橄欖檣檣茂，
梧桐葉葉層。此間多景緻，隱士自悠興。」圖為其銅鑼圈故宅之堂屋。
（邱逢幹先生提供）

邱允妹女士訪談留影

說明：邱允妹女士是邱筱園先生之長女，2005年7月21日以104歲高齡接受訪
問。圖中由左至右，依序為邱允妹女士之子曾盛芳先生、邱筱園先生四
子邱維翰先生、邱允妹女士、編者與邱筱園先生孫女邱瓊英女士。

翁　序

　　邱筱園先生作品集刊印，這是可喜可賀的盛事，也幸虧有李
嘉瑜教授多年的努力，才能從許多片段零碎文獻，逐一搜集了漢
詩232首，散文2篇，並予以注解，而且124首還找到確切的出版時
間，有助於建構邱筱園先生創作的歷程，嘉瑜老師並精心整理了
「邱筱園文學活動年表」，她的用心實在令人敬佩，這是尊敬先人
最為實際、最有意義之舉。

　　戰後由於政府實施「去日本化，再中國化」的文化政策，使
得多數國人對日治時期的文學與文化樣貌的認識十分模糊，許多文
獻散佚各地。所幸1980年代之後，隨著鄉土文學論戰的洗禮，國人
對日治時期的文學文化逐漸重視，文獻、資料庫的整理也有許多成
果，拜這個有利的文化環境，筱園先生作品的整理及出版才有所可
能，在此我們也應當對許許多多前哲先賢在臺灣文史研究的奉獻一
併致謝。

　　因我的碩士論文《清代臺灣竹枝詞之研究》為臺灣古典文學，
博士論文《日據時期臺灣新舊文學論爭新論》屬日治時期研究，又
參與了部份《全臺詩》的編輯，所以自2010年10月23日起，與嘉瑜
老師E-mail往復，提供嘉瑜老師整理筱園先生作品若干建議，有一
次要查詢筱園先生在日治時期擔任民意代表的實況，我由1935年臺
灣新民報社出版的《全島市會議員及街庄協議會員一覽表》，找到
了筱園先生獲選為民選龍潭庄協議會員的答案，嘉瑜老師很感性的

回覆：「沒想到真的找到了／／好像又多認識太祖父一點了／原來陳柔縉書中提到的臺灣文明初體驗／太祖父也體驗了一下呢」。是啊，藉著本書的出版，原本「家族傳說／神話一般人物」，也變得有血、有肉、有生命，再度面世。

文獻固然是客觀的，但詮釋觀點有時差異頗大，義大利美學家克羅齊（Benedetto Croce）稱：「所有歷史都是現代史」，可以看到歷史詮釋的複雜多元，本書收錄的1962年《桃園縣志・邱世濬傳》也反映了戒嚴時期仇日恨日的詮釋，這些說法固然反映日治時期某些面向，但也有值得商榷之處。2003年《跳舞時代》製作發行的臺灣電影紀錄片，獲得金馬獎最佳紀錄片及各影展的肯定，製作者為臺灣電影人郭珍弟及簡偉斯，而貫串全片的同名臺語主題曲：「阮是文明女／東西南北自由志／逍遙恰自在／世事怎樣阮不知／阮只知文明時代／社交愛公開／男女雙雙／排做一排／跳TOROTO／我尚蓋愛……」。該片反映1930年代日本殖民時期的臺灣，年輕男女隨著受到歐美及日本歌曲影響的流行歌節奏翩翩起舞，跳起華爾滋、狐步舞，追求他們嚮往的「維新世界，自由戀愛」。不少人看了《跳舞時代》，才驚覺原來祖父母的時代並沒有課本說得那麼悲慘，而且要求自由戀愛的想法也很摩登。筆者先前研究〈芝山巖事件爭議與校史教育〉、〈八四課程標準高中國文賴和教材試論〉（http://999fly.blogspot.tw/）也呼應了這議題，詮釋日治時期殖民現代性應以宏觀多元的角度，才不致落入偏見與窠臼。

當代我們的聯誼活動除了宴會餐敘，有錢人可能還藉打高爾夫球，拉近社會網絡。日治時期的文化與此有些不同，當時甚重詩

學，據黃美娥教授的統計，日治時期的詩社多達370個以上，筱園先生活躍於詩會活動，印證了這個文化脈絡，詩會活動除了聯誼之外，並代表了有文化素養。1926年創設陶社時，筱園先生已在漢詩的公共領域具有重要的位置，他多次擔任《臺灣日日新報》漢詩專欄「瀛桃詩壇」的詞宗，也為中壢的以文吟社與彰化的崇文社評選詩作，而且筱園先生同時活躍於閩南語系與客家語系的詩社活動中，並未受到語言的區隔。除了傳統題材的詩歌創作，新題詩〈報午機〉：「汽笛高鳴氣象臺，桐圭影正野雲開。寸陰是惜驚聞後，又度浮生半日來。」回應了時代變化。除此之外，散文〈詩報發刊詞〉對於傳統文化的珍重、〈論纏足之弊害及其救濟策〉對社會文化、女性身體的重視，亦甚有可觀。

筱園先生是著名詩人，曾任教於書房，精漢醫，又是實業家及民意代表，角色多元，人生閱歷十分精彩，他多數歲月在日本統治時代度過，殖民現代性之下，他們有歡樂、有悲哀。藉著本書的出版，進一步感受先人奮鬥的精神，鑑往知來，面對未來，我們也當秉持前人努力不懈的精神，勇敢面對各種挑戰，迎向光明的未來。

翁聖峰

（http://singhong.blogspot.tw/）

序於國立臺北教育大學臺灣文化研究所

邱　序

　　得知邱筱園先生的詩集即將付梓刊印，讓世人可以更系統的接
觸一位跨越清末與日治時期，活躍於北臺灣桃竹詩壇的漢詩人，內
心真是充滿了喜悅和感激。這本詩集的編著者李嘉瑜教授是我的甥
女，是我堂姊的女兒，而漢詩人筱園先生是我的祖父，是我自幼從
父親口中聽聞超卓近聖，遺像高掛在中堂，我家兄弟姊妹五人每日
上學出門前必須鞠躬禮拜的祖父。喜悅的是祖父的詩文風采可以見
諸後世，而身為邱氏子孫，對於嘉瑜的用心更是心懷感激，也相信
瓊英姊會同感欣慰。值此詩集即將刊行之際，嘉瑜請我寫序，而文
墨本非我所長，幾經遲疑仍不揣淺陋，乃因懷抱感恩之心，並寄緬
懷先人之思。

　　我們邱家的來臺祖是落腳在八德墾拓，散枝拓葉，而座落於龍
潭鄉銅鑼圈的一座三合院則是祖父筱園先生的創建，也是我家兄弟
姊妹口中的老家。雖然我們生長在臺北，但是逢年過節會隨著父母
親回老家去看祖母和伯叔。由於當時從臺北輾轉到龍潭算是路途遙
遠，從客運能走的大馬路下車要進入村裡還得走上三、四十分鐘的
田間小路，所以通常一待都是好幾天。在三合院前方不遠處還有
一潭埤塘，鴨鵝優游有如世外桃源，那裡有我許多美好的童年回
憶，也算是我和未曾謀面的祖父之間短暫的接觸，但是記憶卻是
恆久的。

祖父過世時，家父時年二十四。家父一生感念祖父對他的器重，在田園需要壯丁耕種，製茶廠需要人手經營之際，還允許他負笈日本求學，最終能成為醫師在臺北成家立業。因此，我自幼不時從家父口中聽聞祖父的事蹟，除了詩文之外，更常提及祖父以醫術造福鄉里，縱使我幼小的心靈都能充分感受父親對祖父的崇敬。我從未想過別家小孩如何，但是我家兄弟姊妹五人從小每日上學出門前都必須鞠躬禮拜祖父遺像，這是父親訂下來的規矩，一直到我留學日本臨行前都是如此。

　　今日再次細細品味祖父的漢詩，詩中出現的地名如竹窩子、龍潭、乳姑山都是我自幼耳熟能詳的地名，讀來備感親切。龍潭即景一詩中，「澄波千頃水風涼，三面田園市一方」，如今偶有機會路過龍潭大池，彷彿仍能遙想祖父當年的情境。品茶詩三首更讓我憶起當年老家四目所及盡是茶園風光，遙想祖父林下煎煮自家產製的茶，想必萬分優遊快意吧! 曾經聽我四叔說祖父吟詩時的音調真好聽，可惜斯人已遠，所幸後人尚能將筱園先生的文字集結成冊，留供世人細細品味，也足堪告慰先人了。

邱逢琛

二○一三年四月序於國立臺灣大學工程科學及海洋工程學系

編序　旅程

　　上個世紀末的最後一個夏日，我偶然間與一位大學時代的學長聊起太祖父，在不斷繁衍增生的家族傳說裏，他是神話一般的人物。

　　太祖母說他從小就愛讀冊，是她此生見過最有學問的人。曾在教育局當督學的大伯公，退休後四處尋訪太祖父散落於各地廟宇門楹間的聯對。我媽則語帶炫耀的說，在舊日鄉里，她走到哪兒人家都會指著她說，咦，她不就是那個筱園先生的孫女嗎？害她什麼壞事也做不了。

　　這實在太匪夷所思了吧！

　　我當笑話說起，沒想到熱心的學長卻為我找到了太祖父藏匿在地方志中的傳記。我一字一字的讀著，忽然間，太祖父虛幻如夜霧的身影，漸漸地被晨光洗亮，我看見他了。當時，我並不知道，旅程已經在不知不覺中展開了。

　　那時候，我還在寫博士論文。在緊緊挨著李白杜甫元稹白居易的時光間隙中，我開始穿梭在國圖與央圖分館之間的捷運線上。不同於國圖那種人人安之若素的沉靜氛圍，臺灣分館亮敞又世俗，可以隨意的借書，可以聽見孩子們的喧鬧聲，而那些裹著厚沉時光風塵的舊籍，就在觸手可及的書架上。

　　在那裡，我找到了一首兩首很多首太祖父在日本時代寫的漢詩。他沒能活到戰後，所以一直留在那遙遠的年代。日治舊籍的紙

張脆薄的像泰國海苔，翻動時必須屏氣凝神，多半只能用手抄的方式謄寫。可是總有看不見的灰黴在空氣中四散爆開，那陣子我老是鼻子過敏，戴著口罩在捷運上連打幾個噴嚏，人群像潮水般，剎那間全都湧向車廂另一邊，SARS期間，好像怎麼解釋都不對。

　　有一次，在天黑之前，我意外地在1940年出版的《瀛海詩集》中找到了太祖父的小傳。緊握著手機，我蹲踞在圖書室的轉角，逐字念給媽媽聽：「善屬文能詩，為漢學界耆宿，性亢爽高潔，有耕隴抱膝高吟之概，然圭璋品望為世所重……」，還沒念完，我媽就在電話那頭擰心大喊：「白話文！說白話文！」我清楚的感覺到血液中嘩然的騷動，一條名為血緣的河正在太祖父、媽媽與我之間流動著。

　　那樣的時刻，我竟想起了在神桌下鑽來竄去的童年，每次被大人連拖帶拉地曳出來時，就會被迫與戴著昭和初期士紳便帽的太祖父打上照面，他溫文和氣的笑容凝結在老照片中，老照片長久地被擺放在神桌左側。在昏沉沉的幽暗堂屋中，只有他的笑容讓我感到溫暖。因為在我與太祖母共眠的那段時光中，她醒時睡時說得都是他，五歲的我夜半醒來，碩大的月亮在窗前逼視著，三合院外的竹林兀自在風中淅淅鳴響，她還在說。太祖父死後，她就這樣獨自說了四十多年。

　　當我在臺大圖書館五樓的臺灣資料中心，逐日地展讀總督府官辦的《臺灣日日新報》時，藏在外套口袋裡的MP3播放器中，夏川りみ反覆唱著──「晴空颯爽也好，大雨滂沱也罷，那時時刻刻浮現的笑容，即使回憶已遠離褪色，我依然追尋絲絲影跡」，那歌聲

裡有著南方特有的溫煦氣味，彷彿太祖父生活的世間。

　　那時的一切對我而言，充滿著新奇的魅惑。基隆港駛進幾百噸的鐵甲船艦，電燈一盞一盞地在城市中亮起，報午機開始為島嶼定時，至於手電筒則被稱為「懷中電火」。太祖父還趕時髦地參加了臺灣的第一場民主選舉，連任了兩屆庄協議會員。我在《臺灣日日新報》中找到了他的許多行跡，當然，還有更多的詩。

　　在臺灣資料中心臨窗的座位，許多個午後，我就在那裡一首一首地讀著他的詩，清楚地看到包覆在太祖父周遭的巨大寂寞，無數的事景在時光中遷移，他的悲慨仍然無可抑止的感染了我。而夏川りみ仍然在耳機中甜甜地唱著：「悲傷落淚也好，歡喜雀躍也罷，你的笑容總會浮上心頭，我相信從你所在的地方看得到我。」

　　「我也來寫一篇太公的小傳吧！」2005年的夏天，小叔公曾經這樣承諾於我，他還陪我去探訪一百零四歲的大姑婆。白髮如銀的小叔公用充滿臺味的紅白條紋塑膠袋提裝著一罐罐的養樂多，獻寶般的遞給大姑婆說：「阿姐，這是你最愛吃的啊！」大姑婆寵溺的撥了撥他亮晃晃的白髮，笑咪咪地說：「你也一起來喝吧！」那一刻，我發現不管人間如何紀年，在大姑婆眼中，小叔公永遠都還是那個愛撒嬌的年幼弟弟。當時，他們是太祖父的孩子中，僅存的兩個。只是那年冬天還沒過完，小叔公就離開了。我始終沒有看到那篇小傳。

　　總是這樣，差一步，來不及了。當我在記憶中回望，確實有不少這樣的遺憾。

可是轉過身，仍然有許多溫暖而堅定的援助，在這趟漫長的旅程中，給予我前行的力量，我想銘記於此：感謝國北教大臺文所翁聖峰教授的指點與鼓勵，他是這本詩集最重要的推手。感謝邱逢幹先生的全力支持，為了這本詩集，他總是放下手邊事務，一次又一次地奔波於邱氏祖祠與分流而下的親族之間。感謝邱逢琛先生的大力幫忙，他不但提供了筱園先生存世最明晰的照片，還親自翻譯蕭慶壽先生以日文撰寫的弔詞，讓那些在時間中時隱時現的記憶片段，被確定下來。感謝國北教大語創所的余宛蒨同學、孟德欣同學、廖宜家同學，他們都曾分擔資料整理與校對的工作。

最後，我要將這本詩集獻給我親愛的媽媽——邱瓊英女士，這本詩集的起點是源於她的心願，冰島詩人Snorri Hjartarson說：「每一條來自家的路，都是通向家的路」，那正是我所經歷的奇異旅程。

李嘉瑜

二〇一三年四月十八日序於國立臺北教育大學語創系

目　次

邱筱園生平

邱筱園生平

課耕茶是業，避俗竹為鄰

──日治時期臺灣漢詩人邱筱園及其詩作

一、前言：「邱筱園」是誰？

　　「邱筱園」這個名字經常出現在臺灣漢詩的相關討論中，主要脈絡有二：一是與《詩報》的淵源。昭和5年（1930）周石輝計畫刊行《詩報》，「乃商於盧纘祥君，更請教於魏潤庵與邱筱園二先生」，[1]而邱筱園不但為《詩報》創刊號寫發刊詞，[2]更長期擔任其顧問。[3]二是與陶社的關係。陶社是邱筱園於大正15年（1926）創設的漢詩同好社團，並擔任長達十六年的社長，主導陶社的發展與走向。而陶社至今仍持續每月課題聯吟的傳統，是目前新竹縣僅存的傳統詩社。但邱筱園是誰？在日治時期臺灣漢詩的場域中，他究竟該被安置於甚麼樣的位置呢？

---

[1]　周石輝，〈詩報發刊十週年回顧談〉，《詩報》241期，1941年2月4日，頁13。

[2]　邱筱園，〈詩報發刊詞〉，《詩報》1期，1930年10月30日，頁4。

[3]　邱筱園從《詩報》創刊號開始，即擔任顧問。而《詩報》第270期，1942年4月20日，頁1，所發布的公告，標題即是「本報顧問邱世濬先生逝世」，可知其長期擔任《詩報》之顧問。

我們不妨以林翠鳳所提出的三個標準進行檢視。林翠鳳曾以全島聯吟大會詞宗、[4]《詩報》創刊號顧問、[5]東閣吟會與會詩人[6]三者之複見，勾勒出日治時期漢詩權力光譜中，居核心位置的詩人——趙雲石（1836-1936）、魏潤庵（1886-1964）、張養齋（1872-1939）、李碩卿（1882-1944）、施梅樵（1870-1949）、林述三（1887-1957）、張純甫（1888-1941）七人，其稱「這七位詩翁在昭和年間臺灣詩壇地位的崇高，已經不言可喻了」。[7]邱筱園在這項統計中，為複見於前二者的十三人之一，「這十三位詩家在當時詩壇受到共同的尊重，具有重要的地位」。[8]事實上，邱筱園亦曾參與上山滿之進（1869-1938）的東閣吟會，臺灣總督府發行的《臺灣時報》89期與91期，分別刊載了他的〈東閣雅集席上敬攀蔗庵督憲瑤韻〉、[9]〈東閣雅集分韻得逢字〉[10]二詩，顯示他是合乎所謂複見三者之標準。而他不僅擔任四次全島聯吟大會的詞宗，[11]

4　林翠鳳，《施梅樵及其漢詩研究》，中山大學中文所博士論文，2009，頁93，「歷年來全臺聯吟大會的詞宗們，都是當時詩界名聞遐邇的前輩」、「詞宗一般由主辦單位敦請，詩壇前輩或名家若受聘膺任全臺聯吟大會詞宗，一則是反應了詩壇的倚重，一則也是詩家個人才德崇隆的榮譽。」

5　同註4，頁95，「《創刊號》的顧問，則更可說是詩界當時重量級的代表。」

6　同註4，頁92，「在社會階級尚且嚴明區分的當時，若是應邀出席總督吟宴賦詩唱和，至少在社會觀感上，必將產生『重要人士』的形象。」

7　同註4，頁95。

8　同註4，頁95，這十三位詩家分別是趙雲石、魏潤庵、張養齋、李碩卿、施梅樵、林述三、張純甫、傅錫祺、邱筱園、王了庵、洪鐵濤、鄭永南、連雅堂。

9　邱筱園，〈東閣雅集席上敬攀蔗庵督憲瑤韻〉，《台灣時報》89期，1927年4月15日，頁153。

10　邱筱園，〈東閣雅集分韻得逢字〉，《台灣時報》91期，1927年6月15日，頁143。

11　同註4，頁95，列二次。但據《臺灣日日新報》1927年3月24日第四版刊載，3月22日在臺北江山樓舉辦之全島詩人懇親會，邱筱園與鄭坤五擔任次唱〈產婆〉之詞宗。1930年2月10日《臺灣日日新報》刊載，其在該年2月8日的全島聯吟大會擔任次唱〈春蠶〉之詞宗。又《詩報》32期刊載，其在1932年3月20日與21日全島詩人聯吟大會擔任第二日首唱〈屯山積雪〉之詞

亦曾以詩作在大會中掄元。[12]此外，他除了是《詩報》創刊號的顧問，也是周石輝在《詩報》刊行之前，請教的兩位詩壇大老之一。這些證據顯示，在當代臺灣古典詩史的論述中，邱筱園或許堙沒無聞，[13]可是回到歷史語境，他卻是與前述七人，同領時代風騷之代表性詩人。

目前學界對於邱筱園的研究，如前所述，多在《詩報》與陶社的相關論述中旁及，未有以其為核心的專論。[14]在這有限的研究成果中，以陳欣慧《「詩」的權力網路：日治時期桃園吟社、以文吟社的文學／文化／社會考察》[15]最為突出，其對邱筱園的討論是圍

宗。又《詩報》118期刊載，其在1935年10月27日與28日全島詩人聯吟大會其擔任第二日次唱〈人海〉之詞宗。如據林翠鳳的統計表列，超過四次者，連同邱筱園在內，僅六人而已。

12　《臺灣日日新報》1927年3月22日第四版刊載，3月20日在臺北蓬萊閣舉辦之全島聯合吟會「次唱為瀛社潤庵桃社筱園二氏掄元。」

13　邱筱園的堙沒無聞，使許多研究者對他不熟悉，因而出現資料錯置的狀況，如潘崇耀〈論日治時期臺灣漢詩組織之建構與作用〉，《臺灣風物》58卷3期（2008.09），頁131-133，所列的「歷屆大會詩詞宗擬題拈韻掄元表」中，詞宗部分邱筱園出現四次（第四回、第七回、第九回、臨時大會），掄元部分出現一次（第四回），但姓名除了邱筱園、邱世烋外，另有「邱籓園」、「秋世潛」的訛誤，因而四者被分列於不同的位置。此外，研究者對於邱筱園的身份定位多只著眼於早期的書房教師，而未提及後期的經歷，如吳文星，〈殖民教育與新社會領導階層之塑造〉，《日治時期臺灣的社會領導階層》（臺北：五南圖書出版公司，2008），頁240，有邱筱園的簡介，「名世潛、舊學、書房教師、中醫師、陶社社員。」

14　與《詩報》相關的研究，多會提及邱筱園與《詩報》的關係，如李毓嵐，《世變與時變——日治時期臺灣傳統文人的因應》，臺灣師範大學歷史研究所博士論文，2007，頁10-11，「由桃園周石輝創刊，盧纘祥、邱筱園等人協助的《詩報》，創刊於1930年，內容以刊載當時臺灣各地詩社的漢詩作品為主」；與陶社相關的研究，則多著眼於邱筱園以陶社為中心的文學活動，如陳志豪，《北臺灣隘墾社會轉型之研究：以新竹關西地區為例（1886-1945）》，中央大學歷史研究所碩士論文，2006，頁205，「陶社原於1924年由龍潭庄邱世潛（字筱園）所創設，邱氏為當地著名文人，活躍於當地的文化活動中。1925年間，他曾參與桃園八塊庄（今桃園八德市）三元宮徵聯活動，與大溪、桃園等地的以文、崁津、東興等詩社共同聚會，互相切磋詩文。1930年這些詩社舉行第四回聯吟活動時，即由邱氏所籌組的陶社負責擔任主辦人。」

15　陳欣慧，《「詩」的權力網路：日治時期桃園吟社、以文吟社的文學／文化／社會考察》，

繞桃園吟社與陶社所開展的，邱筱園在此被定位為桃園吟社握有最多象徵資本的成員之一，又是陶社的創制者，陳欣慧利用地方志與日治時期的報刊資料，考述其生平與文學活動，極具開創意義。但或是受限於所見之資料，生平部分似乎只側重於詩人前期的活動，而未涉及後期，[16]引用分析的〈桃花源〉二詩，除缺字外亦有訛誤，[17]是美中不足之處。本文著眼於此，先就日治時期的報刊、漢詩選本、現代的漢詩選本、地方志以及邱筱園家族提供之抄本，[18]整理出邱筱園的漢詩共計232首，散文2篇，[19]並以日治時期的報刊資料、傳記、官方檔案與公報為據，製作詩人文學活動年表，作為

中央大學客家社會文化研究所碩士論文，2008，這本論文中的頁101-104以及頁130，都曾討論到邱筱園及其文學活動。

[16] 同註15，頁104與頁130，兩次提及《桃園縣志》所載的興設育英義塾、慕甯山館、維新學堂之事，並在頁133的「桃園吟社社員職業表」中將其職業僅列於教職一項，這種歸類忽略了他經營實業與膺選民代的歷程，事實上，陶社創制時，邱筱園已是龍潭地區頗具聲望的實業家而非書房教師。又日治時期的漢詩選本《瀛海詩集》有〈邱世濬傳〉，亦未加利用，甚為可惜。

[17] 同註15，頁102，引用邱筱園最著名的〈桃花源〉七律中的前兩首，並進行分析，但引詩中出現缺字三處，錯字兩個，缺乏可信文本，恐怕難以呈現詩作的意義與內涵，又其引詩的出處是《漢文臺灣日日新報》，事實上，《詩報》亦曾刊載二詩，而第一首又重見於《東寧擊鉢吟後集》與《臺灣詩醇》，或可參照。

[18] 本文所使用的日治時期報刊為《漢文臺灣日日新報》、《臺灣日日新報》、《詩報》、《臺灣時報》、《臺南新報》、《風月報》、《臺灣教育》；日治時期的漢詩選本為《瀛海詩集》、《瀛洲詩集》、《東寧擊鉢吟前集》、《東寧擊鉢吟後集》、《臺灣詩醇》；地方志為錄有部分《筱園遺稿》的《桃園縣志》；現代漢詩選本有《南廬紀集‧陶社故社員佳作錦篇》、《大新吟社詩集》、《陶社詩集》、《陶社詩選》；民間抄本有邱筱園之孫邱逢幹提供的邱維崧抄本與陳蒼幫鈔本兩種，此外還有臺灣大學圖書館收藏的櫟社癸丑年課卷。

[19] 《桃園縣志》所錄的《筱園遺稿》言其共收詩42首，錄8首觀之，但本文整理出的邱筱園詩作共300首，散文2篇，減去重出者，則為詩作232首，散文2篇，已較《筱園遺稿》多出近六倍。詳細的數據，請參考本文第三部分「新／舊的交接調合──邱筱園漢詩書寫的形式與主題」中所附的表一。《筱園遺稿》的資料見於《桃園縣志》卷五，〈文教志‧藝文篇〉（桃園：桃園縣政府，1962），頁154-155。

本文討論之基礎。由此出發，本文試圖探問的是邱筱園在日治時期的身分定位為何？而他又如何遊走於當時的漢詩場域？置身於異國殖民的新世界中，他的漢詩究竟會以什麼樣的方式回應這個時代呢？藉由這些問題的爬梳與闡釋，本文期望讓這位被桃園吟社的黃守謙（1871-1924）稱為「萬卷古名儒」[20]的詩人，走出被未知所覆蓋的歷史暗角，而他以漢詩形式寫下的生命體驗，也能在許多的一無所悉中被重新看見。以下我們就圍繞上述的提問，展開討論。

二、「隱士」邱筱園與「詩人」邱筱園

　　邱筱園（1878-1942），名世濬，字筱園，以字行，龍潭人，是跨越清末與日治時期的臺灣漢詩人。他是傳統漢學教養出身，[21]「年二十，有志於教學工作，在鄉開設私塾，傳授祖國文化」，[22]明治36年（1903）取得書房教師資格，[23]曾創設育英義塾、慕甯山館、維新學堂等書房義塾，[24]在世紀新舊交替與殖民的衝擊之下，延續與建構漢學的道統。這種對傳統價值與尊嚴的堅持，也反映在陶社的創制與其持續性的漢詩書寫。

---

[20]　黃守謙，〈宿邱筱園君書齋〉，《臺灣日日新報》1914年9月29日第三版，「訪得詩人宅，玲瓏景物俱。一峯新富士（對戶之山），萬卷古名儒。絳帳薰風動，紗窗驟雨濡。談心須剪燭，難黍擾郇廚。」

[21]　桃園縣文獻委員會編，《桃園縣志‧邱世濬傳》（桃園：桃園縣政府，1962），頁2062，「幼年丁家不造而負笈從師，先後在蕃家義塾車寧學槇肺業卜載　」

[22]　邱維垣，〈先父創新公行述〉，《丘（邱）氏會刊》第8期(臺北：臺北市丘（邱）氏宗親會，1978)，頁62。

[23]　1903年8月29日《桃仔園廳報》第24號刊載，邱筱園參加書房教師講習會，7月28日至8月23日，獲平均成績九十三點以上的優等證書，8月24日授與講習證書。

[24]　同註21，頁2062。

而在時間與空間急速變化的時刻，文明／現代化的到來，也對邱筱園產生影響，他「利用當時日人勤業銀行長期貸款，去造產經營，不到卅年時光，竟成為擁有六十餘甲地產（田、茶園）與一座甲種製茶廠之企業家」，[25]成功由書房教師轉變為實業家，[26]並「於文化經濟產業之建設，輒推主焉，多所樹立」，[27]而優裕的經濟資本，充分支持邱筱園對漢詩的傳播與生產。此外，他還「擅歧黃之術，于小兒，痲疹等科最精。不論貧富，一律施以義診，全活無算」，[28]因地方聲望隆崇，在昭和10年（1935）臺灣總督府所舉行的第一次殖民地選舉中，[29]膺任民選之龍潭庄協議會員，[30]成為臺灣菁英在經過長期請願與抗爭之後，才得以民選的地方議會之一

---

[25]　邱維垣，〈先父創新公行述〉，《丘（邱）氏會刊》第8期(臺北：臺北市丘（邱）氏宗親會，1978)，頁62。

[26]　蕭慶壽著，邱逢琛譯，〈弔詞〉，「先生竟然遽爾逝去，實在是喪失了我台灣漢學界一大宗師，喪失了我村內實業界一大巨擘」，可知邱筱園具有實業家的身份。

[27]　黃洪炎編，《瀛海詩集》（臺北：臺灣詩人名鑑刊行會，1940），頁148-149。

[28]　同註21，頁2062。此外，邱維垣，〈先父創新公行述〉，《丘（邱）氏會刊》第8期(臺北：臺北市丘（邱）氏宗親會，1978)，頁62，亦曾提及「先父對祖國所傳之中醫術之造詣亦甚高明，尤其運用其白頭處方箋之妙，竟四處風行，活人濟世，傳為美談」、「先父逝後卅餘年，至今年老鄉親們尚記憶猶新，每言其痲科利用方之靈驗，與治急驚風救活之準確，實有口皆碑之良醫」；蕭慶壽著，邱逢琛譯，〈弔詞〉，亦曾提及「先生溫厚篤實，博學謙恭，經常排難解紛，且精通醫術，鄉里內無人不曾受其恩惠」；郭雙燕，《1949年之前的閩臺中醫藥交流》，福建中醫學院碩士論文，2007，頁14，「邱世濬，字筱園，臺灣桃園人，世居福建詔安。邱氏稟賦穎異，擅長岐黃之術，對於痲疹等最精。治病一概不論貧富，一律施以義診，痊活無算。」

[29]　陳君愷編著，《狂飆的年代──1920年代臺灣的政治、社會與文化運動》（臺北：日創社文化事業公司，2006），頁174，「1935年的這次選舉，是臺灣有史以來第一次的地方自治選舉。到了四年後的1939年，再次舉行，還風依然相當優良。1943年因戰局吃緊而停辦。」

[30]　1935年11月29日臺灣新民報社發之〈全島市會議員及街庄協議會員一覽表〉刊載，獲選為民選之龍潭庄協議會員。此次選舉，協議會員除民選外，另一半由官派，二者任期皆為四年。

員。[31]這種自覺性的政治參與，標示出邱筱園有意以「中介者」的位置為民眾發聲。[32]其後在昭和14年（1939）的第二次選舉，他又以民選之身分再次連任。[33]

可以發現，從舊社會進入到新社會，邱筱園歷經書房教師、實業家與協議會員的身分轉換，始終居於臺灣的社會領導階層。而通過他的兒子們在日治時期所接受的菁英教育，[34]可以進一步印證此點。邱筱園的長子邱維崧（1912-2001）畢業於總督府臺北師範學校師範部乙科，吳文星曾考察當時臺北師範的學生出身，認為「無論是國語部或師範部乙科的臺籍生，絕大多數出身中、上階層家庭，甚至不乏富豪子弟」；[35]三子邱維垣（1918-1993）更進入臺北帝國大學醫學專門部就讀，「該校主要係因應在臺日人子弟升學之需求而設，故臺、日籍生人數頗為懸殊，臺籍生必須極其優秀始有希

---

[31] 臺灣議會設置請願活動的詳細論述，可參見若林正丈，〈台灣議會設置請願運動〉，《近代日本と植民地》（東京：岩波書店，1993），頁3-27。

[32] 同註21，頁2062，「不期然而膺民選之民意代表。自是以還，世澤之素志克伸，臺胞自由之爭取，祖國文物之維護，均見其着着進行，雖有日警之從旁監視，亦無如之何已。」

[33] 《臺灣日日新報》1939年11月24日第四版刊載，庄協議會員民選之名單，邱筱園列於龍潭庄之列。又蕭慶壽著，邱達琛譯，〈弔詞〉稱其為「故庄協議會員」，可知其死於任內。

[34] 邱筱園有五個兒子，除長子與三子外，邱筱園另外三個兒子，因應家族事業的需要，選擇就讀龍潭農業專修學校，其與師範學校與醫學校一樣，同樣屬於中等以上之教育。《瀛海詩集‧邱世濬傳》（臺北：臺灣詩人名鑑刊行會，1940），頁148-149，曾提及三人當時的工作狀況，「次男為玉峰茶葉工場理事長，四男在庄役場供職，五男尚在學中。」邱維垣，〈先父創新公行述〉，《丘（邱）氏會刊》第8期（臺北：臺北市丘（邱）氏宗親會，1978），頁63，則進一步指出邱筱園的兒子們在戰後的發展情況，「兄維崧，師範學校畢業，曾任教職，又任過桃園縣政府督學。次兄維嶽，任村長，治祖產——農場。維垣居三，臺灣大學醫科畢業，曾任國軍上尉軍醫、臺灣大學附設醫院內科醫師，現在臺北市開設創新紀念醫院。四弟維翰，定居中壢市，經營洗衣店。五弟維藩，過房傳公為嗣，居關西務農。」

[35] 吳文星，〈殖民教育與新社會領導階層之塑造〉，《日治時期臺灣的社會領導階層》（臺北：五南圖書出版公司，2008），頁117。

望入學」，[36]在當時的社會「教育機會平等只是一種規範和理想，中、上階層接受高等教育的機會實遠大於下階層」，[37]由此觀之，以地方士紳（local gentry）定義邱筱園的社會階層，應無疑慮。

然而，邱筱園對自己身份的定位，更多的時候是指向「隱士」。在邱筱園的漢詩中，反覆出現隱士形像與隱逸話語，如「自采黃花雙鬢插，夷然故態笑狂奴」、[38]「知否碧松巖下屋，又誰擁被臥袁安」、[39]「洗盞欣然花下酌，儘容處士老柴桑」，[40]就分別在嚴光（生卒年不詳）、袁安（？-92）與陶淵明（352-427）的典故中，投射自我的影像。只是他的「隱」更傾向於歷史語境中迴避亂世的道隱，而非身隱。對照「日警之從旁監視」，[41]這種選擇無疑是一種全生之道，以〈老妻〉為例：

> 金婚初度喜團欒，不送頭皮意自安。
> 少種梅花三百本，抱孫今好與同看。[42]

這首詩以老妻為主題，點出自己能與妻子團圓相守，是源於「不送頭皮意自安」，此句反用了隱士楊朴（生卒年不詳）之妻所

---

[36] 同註35，頁99。
[37] 同註35，頁130-131。
[38] 邱筱園，〈重陽即事〉，《臺灣日日新報》1912年1月17日第三版。
[39] 邱筱園，〈遠山雪〉，《東寧擊鉢吟前集》（臺北：陳鐵厚，1934），頁150下。
[40] 邱筱園，〈白衣送酒〉，《臺灣日日新報》1916年10月31日第六版瀛桃詩壇，左十五右遯。
[41] 桃園縣文獻委員會編，《桃園縣志・邱世溙傳》（桃園：桃園縣政府，1962），頁2062。
[42] 邱筱園，〈老妻〉，《瀛海詩集》（臺北：臺灣詩人名鑑刊行會，1940），頁149。

言的「今日捉將官裡去，這回斷送老頭皮」，[43]而作者因為不入仕，所以安然自得。「少種梅花三百本，抱孫今好與同看」，梅花在此非實指，而是一種隱喻，意象化了作者不與世推移的自我期許。

又如〈古松〉：

> 大夫受覺愧虛榮，托足蓬山顧影清。
> 自避秦封來海外，卻因閑散得長生。[44]

表面上，這首詩是詠古松，但當作者將其界定為秦始皇（259BC-210BC）所封的大夫松時，大夫松隱然與作者的生命產生連結。「大夫受覺愧虛榮，托足蓬山顧影清」是詠物喻己，大夫的官職，古松自覺受封有愧，只希望能立足蓬山，影清人清。「自避秦封來海外，卻因閑散得長生」則是直抒己意，作者與古松融為一體，因為迴避「秦封」，斷絕了「仕」途，才能全其身。

所以，邱筱園的「隱」是對照於「仕」而言的，他不願意進入殖民政府的統治體系，而以隱士的身分回應當前的情境。值得注意的是在同時代文人眼中，邱筱園也是以隱士的形象被認識與理解，如魏潤庵（1886-1964）就稱他是「課耕茶是業，避俗竹為鄰」，[45]課耕製茶是邱筱園的家業，避俗竹鄰則是他予人的印象。出版於昭和15年（1940）的《瀛海詩集》中有其小傳，提及其「性凢爽高

---

[43] 蘇軾，〈隱逸・書楊朴事〉，《東坡志林》卷二（北京：中華書局，2007），頁69。

[44] 邱筱園，〈古松〉，《臺灣教育》第311號，1928年7月1日，頁115，四十首錄四，第一名。又見於曾笑雲編，《東寧擊缽吟前集》（臺北：陳鐵厚，1934），頁248下。

[45] 魏潤庵〈筱園先生千古〉，《詩報》第271期，1942年5月6日，頁23。

潔，有耕隴抱膝高吟之概，然圭璋品望為世所重」、「春風門巷，不徒擁擠問字之車，其物望可知矣」，[46]認為邱筱園之隱如同諸葛亮（181-234）耕讀隴畝，抱膝高吟〈梁甫吟〉，而其為人行事的耿介高潔亦普遍受到當代的肯定與尊重。

「詩人」是邱筱園另一項重要的身分指標。日治時期，西風東漸，西學進入臺灣，邱筱園注意到這樣的變動——「莘莘學子醉心西學，將我漢族固有文化，付之風雨飄搖久矣」，並認為「蟹行文字之曼衍於瀛壖也。漢學危微，欲墜未墜之秋，撐持其間者詩社也」、「岌岌乎漢文學之將墜地，而不墜者，是非賴諸識時君子，拉出無數讀書人，相與長歌短嘯於其間，將不枯寂萎靡，簸蕩澌滅於歐風美雨者殆希」，[47]可以發現邱筱園試圖以漢詩存續其所指稱的「漢族固有文化」，詩社在此定義之下，成為能保存與構築漢文化氛圍的特殊空間。

目前所知，邱筱園最早的詩社活動是明治40年（1907）參與龍潭吟社第二回課題〈桃花源〉，並且一舉掄元。[48]大正年間（1912-1926）他擔任桃園吟社的幹事[49]，更積極投入詩社的活動，《臺灣日日新報》漢詩專欄的桃園詩壇幾乎成了他展示傑出詩歌技藝的舞臺，[50]趙雲石（1863-1936）評他的詩：「詩心細膩，詞旨圓融。借

---

[46] 黃洪炎編，《瀛海詩集》（臺北：臺灣詩人名鑑刊行會，1940），頁148-149。

[47] 邱筱園，〈詩報發刊詞〉，《詩報》創刊號，1930年10月30日，頁4。

[48] 邱筱園，〈桃花源〉七律五首，刊於《漢文臺灣日日新報》1907年3月15日第一版藝苑。

[49] 1913年10月17日《臺灣日日新報》刊載，邱筱園擔任桃園吟會幹事。

[50] 邱筱園刊於《臺灣日日新報》的桃園吟社課題之作，大都受到評選詞宗極高的肯定，如刊載於《臺灣日日新報》1912年10月23日第六版的〈紙鳶〉，名次為左一右一；刊於《臺灣日日新報》1913年7月9日第六版〈半面美人〉，名次第一；刊於《臺灣日日新報》1913年8月27

用諸葛，善於雕琢，不似他作粗浮，的是作家」、[51]「作者能遺貌取神，不落窠臼，斯為元箸超超。且筆情尤極洒脫之致，足徵作才」；[52]櫟社的賴紹堯（1871-1917）亦讚譽他的〈晚鐘〉：「此作獨肯吐棄凡庸，戞戞獨造，不汲汲點題而題面題神，兩無遺憾，錄冠全軍。俾知文章制勝因在此而不在彼也」，[53]而通過桃園吟社與其他詩社之間「以詩互通」的交遊網絡，邱筱園也走出地域的限制，他出席瀛社的活動，[54]參加櫟社的課題，[55]也進入全島詩人競試的聯吟大會。此時的邱筱園儼然是桃園吟社最出色的詩人之一，為了爭取他的認同，甚至引發詩社內部「散處派」與「咸菜硼派」的對立。[56]

　　大正15年（1926）創設陶社時，邱筱園已在漢詩的公共領域具有重要的位置，他多次擔任《臺灣日日新報》漢詩專欄「瀛桃詩

日第六版〈晚鐘〉，名次左一右一；刊於《臺灣日日新報》1914年2月10日第六版〈平蕃紀事〉，名次左一。又刊於《臺灣日日新報》1912年10月27日第六版的〈白雁〉，名次為右二；刊於《臺灣日日新報》1913年5月10日第六版〈懷中電火〉，名次第二；刊於《臺灣日日新報》1913年6月28日第六版〈蘇小墓〉，名次第二。

[51]　《臺灣日日新報》1914年2月10日第六版，邱筱園〈平蕃紀事〉詩評。

[52]　《臺灣日日新報》1913年7月9日第六版，邱筱園〈半面美人〉詩評。

[53]　《臺灣日日新報》1913年8月27日第六版，邱筱園〈晚鐘〉詩評。

[54]　桃、瀛二社在日治時期時有交流，陳欣慧，《「詩」的權力網路：日治時期桃園吟社、以文吟社的文學／文化／社會考察》，中央大學客家社會文化研究所碩士論文，2008，頁171，「約在明治四十四年（1911）至大正十三年（1924）間，桃園吟社多次受瀛社東邀參與其各式活動」。又《臺灣日日新報》1912年1月21日刊載，1月22夜邱筱園與桃園吟社成員黃純青、葉連三等人同赴臺北，將出席23日瀛社大會。

[55]　臺灣大學圖書館所藏的1913年《櫟社癸丑年課卷》中就收錄邱筱園的〈落花〉三首，〈古鏡〉一首，〈枯樹〉六首，〈虎〉三首。

[56]　《臺灣日日新報》1913年7月1日刊載，桃園吟社的散處派與咸菜硼派因爭邱筱園而起紛爭，邱氏因而投函，言其與散處派同步，所以兩派之爭底定。《臺灣日日新報》1913年7月5日又刊載桃園吟社的散處派與咸菜硼派，「爭一邱筱園甚力」，兩派皆投書報社。報社的裁定是「方今世界，尊重自由，從邱之意可歟。」

壇」之詞宗，[57]也為中壢的以文吟社[58]與彰化的崇文社[59]評選詩作。詞宗的角色必須肩負評選詩榜的責任，因而除了詩歌技藝外，亦需具備可以服眾的聲望。[60]顯然，邱筱園利用個人的文化資本，將陶社推向漢文學的場域。因為這個新成立的詩社，從創制到課題徵詩，都通過《臺灣日日新報》而廣為人知，[61]而一個新興的漢詩同好社團能受到媒體如此的關注，應與主事者背後的文人群體網絡與文化資本（capital）關係密切。在主持陶社期間，邱筱園在文化／文學場域中的位置，更形明確。陳欣慧曾借用布爾迪厄（Pierre Bourdieu，1930-2002）的理論，觀察詩社中權力的生產，認為在詩社中「詩作可以獲選為前茅者，得到的不只是該次活動所附贈有形的賞品而已，象徵資本也會隨詞宗肯定而增加」、「於活動中擔任詞宗、值東者、提供賞品者，都會得到該角色的象徵資本」，[62]如將範圍擴大至全島詩人聯吟大會，四次擔任詞宗，多次名列前茅的邱筱園在漢詩權力光譜中的位置，不言可喻。而日治時期漢詩選

57　《臺灣日日新報》1916年10月26日刊載，邱筱園擔任瀛桃詩壇第四期課題〈白衣送酒〉之詞宗；《臺灣日日新報》1918年8月25日刊載，其擔任瀛桃詩壇〈題楊妃出浴圖〉之詞宗。

58　《臺灣日日新報》1924年6月10日刊載，邱筱園擔任以文吟社〈春晴〉之詞宗。

59　《臺灣日日新報》1926年5月12日刊載，邱筱園擔任彰化崇文社第十期課題〈尊重人格論〉之詞宗。

60　王幼華，《冰心麗藻入夢來──日治時期苗栗縣的詩社》（苗栗：苗栗縣文化局，2001），頁214，「知名的詞宗，在騷壇具有影響力的詩人、宿儒，也經常為各地詩社爭相邀約的對象。」

61　如《臺灣日日新報》1926年7月4日第四版報導陶社的成立與創社儀式，邱筱園為發起人，並被公推為社長。而與會的來賓鄭永南、葉連三、呂傳琪，分別是桃園吟社、東興吟社與崁津吟社的社長，也是邱筱園在桃園吟社的詩友。其後陶社的課題與徵詩都屢見於報端，如《臺灣日日新報》1926年9月2日第四版報導陶社舉辦第二期擊鉢吟例會，《臺灣日日新報》1926年9月24日第四版報導陶社課題〈龍潭即景〉；《臺灣日日新報》1927年10月8日第四版報導陶社〈睡獅〉徵詩等。

62　陳欣慧，《「詩」的權力網路：日治時期桃園吟社、以文吟社的文學／文化／社會考察》，中央大學客家社會文化研究所碩士論文，2008，頁271。

本對邱筴園詩的收錄情形，亦可以作為佐證。[63]所以《詩報》邀邱筴園擔任顧問，主要就是著眼於其握有的權力與文化資本。邱筴園以自己及陶社成員的漢詩作品支持《詩報》，《詩報》則提供了他們展演的舞台，形成相互的文學支援。此時的邱筴園如同《瀛海詩集》所言的，「為漢學界耆宿」，[64]瀛社魏潤庵亦稱他為「騷壇同抗手」，[65]將其視為勢均力敵的詩友。

此外，在詩人邱筴園身上還有一項值得注意的現象，那就是他從未受到語言與地域的規限，邱筴園所創設的陶社，常被定位為客家語系的詩社，「各個詩社當其舉行聯吟詩會時，語言對於活動的進行，會產生關鍵性的區隔活動」，[66]不過邱筴園卻是例外。他的家族屬於閩南裔，原居八德，「其父徙居龍潭高平村」，[67]因久居客家聚落而能在母語之外，兼擅客家話。所以邱筴園所創設的陶社，經常被定位為客家語系的詩社，[68]而讓他成名與被看見的桃

---

[63] 選本的選與不選，原就是一種文學批評，從其選詩的數量亦可呈現詩人受編選者重視的程度。日治時期重要的漢詩選本都收錄了邱筴園的漢詩，如曾笑雲編，《東寧擊鉢吟集前集》，（臺北：陳鐵厚，1934），收錄〈斷雁〉、〈春水〉、〈遠山〉、〈秋草〉、〈息媧〉、〈精衛填海〉、〈楊妃病齒〉、〈秋宮怨〉、〈寒鴉〉、〈晚鐘〉、〈蘇小墓〉、〈踏青鞋〉、〈遠山雪〉、〈懷中電火〉、〈古松〉、〈紙鳶〉、〈白雁〉等16首詩。曾笑雲編，《東寧擊鉢吟後集》，（臺北：吳永遠，1936），收錄〈相思樹〉二首、〈桃花源〉二首、〈菜根〉、〈項羽〉等6首詩。賴子清編，《臺灣詩醇》，（臺北：編者自印，1935），收錄〈桃花源〉、〈秋望〉、〈紙鳶〉等3首詩。黃洪炎編，《瀛海詩集》，（臺北：臺灣詩人名鑑刊行會，1940），收錄〈看劍〉、〈老妻〉、〈伍員〉、〈埔里道中〉、〈獅山〉其二、〈獅山〉其四、〈海會庵聽經〉、〈寒鴉〉等8首詩。

[64] 黃紅炎，《瀛海詩集》（臺北：臺灣詩人名鑑刊行會，1940），頁148-149。

[65] 魏潤庵〈筴園先生千古〉，《詩報》第271期，1942年5月6日，頁23。

[66] 黃美娥，〈北臺灣傳統文學發展概述——清代至日治時代（下）〉，《國文天地》16卷10期（2001.03），頁63。

[67] 桃園縣文獻委員會編，《桃園縣志・邱世濬傳》（桃園：桃園縣政府，1962），頁2062。

[68] 黃美娥，〈北臺灣傳統文學發展概述─清代至日治時代（下）〉，《國文天地》16卷10期（2001.03），頁63，「使用客語的『陶社』，則屢與鄰近同屬客語系統的新埔文人或桃園龍

園吟社卻屬於北桃園的閩南詩社，[69]換言之，雙語的能力讓邱筱園能同時活躍於閩南語系與客家語系的詩社活動中，並未受到語言的區隔。而就地域而言，他除了與桃竹地區的詩社，如以文吟社、[70]大新吟社、[71]崁津吟社、[72]南洲吟社[73]有互動外，亦為宜蘭的登瀛詩社，[74]臺北的天籟吟社、[75]萍聚詩社，[76]苗栗的栗社，[77]彰化的崇文社，[78]擔任評詩之詞宗。這些跨語言與地域的詩歌交流活動，再次顯示了邱筱園在當時漢詩公共場域的活躍度與重要性。

潭詩人聚會切磋。」

[69] 陳欣慧，《「詩」的權力網路：日治時期桃園吟社、以文吟社的文學／文化／社會考察》，頁136，「桃園吟社為一閩南族群為主要成員的社團組織。」

[70] 邱筱園曾多次擔任中壢以文吟社的詞宗，《臺灣日日新報》1924年6月10日刊載，邱筱園擔任以文吟社〈春晴〉之詞宗；《臺灣日日新報》1931年5月4日刊載，擔任以文吟社湯錦祥徵聯之詞宗。

[71] 根據林柏燕編，《大新吟社詩集》（新竹：新竹縣文化局，2000），邱筱園在1928年11月7日擔任〈市隱〉之詞宗；同年12月9日擔任〈新柑〉之詞宗。1929年1月10日擔任〈祝大新吟社成立〉之詞宗；同年6月20日擔任〈清和節〉之詞宗；同年11月擔任〈蚌珠〉之詞宗。1931年6月1日擔任〈臘月立春〉之詞宗。

[72] 邱筱園曾多次擔任大溪崁津吟社的詞宗，《臺灣日日新報》1927年2月17日刊載，邱筱園擔任崁津吟社第一期徵詩〈楊貴妃〉之詞宗；《臺南新報》1934年5月16日刊載，擔任崁津吟社〈大溪八景〉徵詩之詞宗。

[73] 《詩報》234期，1940年10月18日，刊載邱筱園擔任竹南南洲吟社〈醉眸〉之詞宗。

[74] 《詩報》63期，1933年8月1日刊載，邱筱園擔任頭圍登瀛詩社徵詩〈蘇澳蜃市〉之詞宗。

[75] 《臺灣日日新報》1929年11月8日刊載，邱筱園擔任臺北天籟吟社第七期課題〈驪姬〉之詞宗；《風月報》121期，1941年1月1日刊載，擔任天籟吟社〈玉連環〉之詞宗。

[76] 《詩報》205期，1939年7月17日刊載，邱筱園擔任瑞芳萍聚詩社〈浣女〉之詞宗。

[77] 《風月報》122期，1941年1月19日刊載，邱筱園擔任栗社楊如昔徵詩〈催花詔〉之詞宗。此外，王幼華，《冰心麗藻入夢來——日治時期苗栗縣的詩社》（苗栗：苗栗縣文化局，2001），頁216，「詞宗簡述」中將邱筱園列為栗社具代表性的詞宗。

[78] 同註59。

三、邱筱園漢詩創作的形式與主題

本文針對邱筱園現存之作品進行整理，總計232首漢詩，2篇散文，來源共20種，有9種不同的作品表述方式，試列表於後：

表一：邱筱園作品概況一覽表[79]

作品出處	〈表述方式及數量〉									
	五絕	七絕	五律	七律	五古	七古	集句	對聯	散文	總計
漢文臺灣日日新報	1	4	0	5	1	1	0	0	0	12
臺灣日日新報	0	34	3	15	0	0	5	0	1	57
詩報	0	17	3	7	1	0	0	3	1	32
臺灣時報	0	1	0	1	0	0	0	0	0	2
臺南新報	0	1	0	0	0	0	0	0	0	1
風月報	0	0	0	1	0	0	0	0	0	1
臺灣詩醇	0	1	1	1	0	0	0	0	0	3
瀛海詩集	0	5	0	0	3	0	0	0	0	8
瀛洲詩集	0	1	0	0	0	0	0	0	0	1
東寧擊鉢吟前集	0	16	0	0	0	0	0	0	0	16
東寧擊鉢吟後集	2	0	0	4	0	0	0	0	0	6
臺灣教育	0	1	0	1	0	0	0	0	0	2
桃園縣志	0	7	0	0	1	0	0	0	0	8
南廬紀集	2	8	1	4	1	0	0	0	0	16
大新吟社詩集	0	24	2	0	0	0	0	0	0	26
陶社詩集	0	3	0	0	0	0	0	0	0	3
陶社詩選	4	9	0	0	0	0	0	0	0	13
邱維崧抄本	2	55	0	0	0	0	0	0	0	57
陳蒼髯抄本	2	15	1	3	0	1	0	0	0	22
櫟社癸丑年課卷	0	0	0	16	0	0	0	0	0	16
總計（含重出之作）	13	202	11	58	7	2	5	3	2	302
實際數量	9	160	8	40	6	1	5	3	2	234

---

[79] 此一表列之形式係參考翁聖峰，〈日治時期黃純青的文學與文學觀〉中的黃純青作品概況一覽表所製作，參見《臺北文獻》第166期（2008.12），頁99-100。

由上表可知，邱筱園現存作品之表述方式以七絕最多，有160首，佔現存作品總數68%，其次是七律，有40首，佔現存作品總數17%。這種現象應與他漢詩生產的主要機制有密切關係，因為邱筱園的漢詩多屬於詩社的擊鉢吟與課題詩，七絕與七律則是詩社競技最常採用的文學形式，所以這應是當時臺灣漢詩文學場域一種普遍性的現象，[80]而非邱筱園個人對於特定文學形式的偏好與選擇。至於在發表刊物方面，以《臺灣日日新報》（含漢文版）最多，《詩報》居次。前者是由於桃園吟社與《臺灣日日新報》的漢詩專欄具有互相支持的合作關係，[81]身為桃園吟社最出色的詩人之一，他的漢詩作品因而得以大量展示於「桃園吟社詩壇」、「桃園吟社」、「桃園詩壇」、「瀛桃詩壇」等漢詩專欄中。《詩報》則是自創刊開始，就與邱筱園及其創制的陶社往來密切，不但有「陶社吟會」專欄，並且經常刊載陶社的課題詩與擊鉢吟，所以也成為了邱筱園漢詩主要的發表場域之一。

　　值得注意的是擊鉢吟與課題詩的生產機制，除了規限了詩人使用的表述方式，也會對其書寫的主題產生影響，因為擊鉢吟與課

---

[80]　顧敏耀，《臺灣古典文學系譜的多元考掘與脈絡重構》，中央大學中文所博士論文，2010，頁60-61，曾就《漢文臺灣日日新報》漢詩專欄中的詩歌形式進行統計，一萬多首漢詩作品中，七絕佔68.5%，七律佔19.86%，其所得到的結果與本文針對邱筱園漢詩形式所進行的統計，其實是非常接近的。

[81]　《臺灣日日新報》1912年7月8日第四版「編輯賸錄」刊載「午後接桃園吟社來函，有該社擊鉢吟詩二十餘首，一唱為午睡，一唱為松影，該社近來甚熱心詩學，研究不息」；又《臺灣日日新報》1912年7月14日第四版「編輯賸錄」刊載「接桃園吟社詩稿一束，信一通」；《臺灣日日新報》1913年6月9日第四版「編輯賸錄」刊載「接桃園吟社，惠到第四期月課詩鈔一束，題為半面美人」，可知桃園吟社將其詩社課題之作寄給《臺灣日日新報》的編輯，以詩支持其漢詩專欄，而透過報紙的媒介，桃園吟社的活動與漢詩創作亦廣為人知，所以本文稱這是一種合作關係。

題詩都是限題限韻的詩藝競逐，在這些同題競寫中，通過主題所展示的往往是群體的選擇，而不是詩人個別的聲音，在邱筱園的漢詩中，也出現相同的情形，因為除了旅遊題景、抒懷言志等主題，以及酬贈傷悼之作，如〈奉贈潘濟堂先生〉、[82]〈和少菴四十初度書懷〉、[83]〈祝黃則修先生古稀晉四雙壽〉、[84]〈送沈梅岩社友榮遷永靖〉[85]與〈哭黃式垣〉[86]等，他的漢詩幾乎都是應題而作的。現依其漢詩主題之分類，列表於後：

表二：邱筱園漢詩主題一覽表

	主題分類	詩題
舊題詩	感時寫物	落花、對菊、訪菊、墨菊、寒梅、慾梅、恭詠御題寒月照梅花、拜歲蘭、畫蘭、紅葉、古松、大樹、枯樹、相思樹、蕉絲、新柑、猿、虎、畫虎、蛇、蜘蛛、新蟬、蚌珠、社鼠、雁影、斷雁、白雁、野鶴、寒鴉、獵犬、雷、雨絲、望雨、祈晴、寒食、重陽雅集、遠山、春粧、春曉、春水、秋桃、秋草、秋思、秋望、新秋、秋螢、秋月、秋扇、秋雨、秋桃、秋柳、冬日、初雪、遠山雪、孔方兄、曝書、紙鳶、品茶、洗硯、晚鐘、古鏡、擲珓、龍蟠、蘆衣、踏青鞋、菜根、葉聱
	詠史懷古	管仲、伍員、項羽、題劉季斬蛇圖、張良、諸葛盧、延平郡王、懷鄭延平、息嬀、蘇小墓、楊妃洗兒、楊妃病齒、半面美人、虞美人、絕纓會、白衣送酒、桃花源、四知台、老將、廉吏、釣臺、老人星、秋宮怨、精衛填海、黃金臺
	抒懷言志	新年言志、患盜、老妻、看劍、市隱、遣懷詞

82 此詩刊於《臺灣教育會雜誌》78號，1909年7月。潘濟堂（1866-1925）為第一屆總督府學務部生，後歷任學務部員、編修課勤務與總督府文教課員。他的漢詩主要發表於《臺灣教育會雜誌》。

83 此詩刊於《詩報》第64期，1933年8月1日，藝苑精華，頁12。李少菴，名友泉，江蘇鶯江人，隨父渡臺，定居稻江，開設李保生藥行，為瀛社社員。此詩應是和李友泉〈四十書懷〉詩所作。

84 此詩刊於《風月報》第56期，1938年1月6日，詩壇，頁23。黃則修，名萬生，卒於昭和15年（1940）為作者詩友，有〈鸞歌八景〉、〈三峽八景〉等詩。

85 此詩收於羅享彩《南廬紀集‧陶社故社員佳作錦集篇》，（新竹：作者自印，1974），頁233。沈梅岩，名火，關西人，曾任關西郵便局局長，為陶社社員，邱筱園過世後，接任陶社社長。

86 此詩刊於《詩報》第2期，1930年11月30日，詞華摘錄，頁2。黃式垣名守謙，桃園人，總督府國語學校師範部畢業，為桃園公學校訓導與漢文科教師，後轉任臺北第三高女漢文科。他曾擔任桃園吟社副社長，與邱筱園情誼甚篤。

舊題詩	旅遊題景	東寧橋、龍潭即景、海會庵聽經、獅山、埔里道中、竹山巖即景、過劍潭感作、桃潤曲
	酬贈傷悼	東閣雅集席上敬攀蔗庵督憲瑤韻、東閣雅集分韻得逢字、送沈梅岩社友榮遷永靖、夢蘭、祝黃則修先生古稀普四雙壽、和少菴四十初度書懷、哭黃式垣、奉贈潘濟堂先生
	應時議事	弔沖烈士貞介君、平蕃紀事
	其他	花月酒、蓮山
新題詩	新式事物	懷中電火、冰旗、報午機

    由表二可知，傳統主題的舊題詩仍然是邱筱園漢詩書寫的主流，因為日治時期臺灣的傳統詩社，原就是在乙未割臺的創傷與無法抗逆的時代鉅變中，被重新定義與改造的一個新的漢文想像共同體。[87]詩社在此，不再只是單純「以詩會友」的交際空間。在這裡所謂的「漢文」應該如何理解，學界似乎是有分歧的，如游勝冠就曾指出，在日治時期「『漢詩文』、『漢學』、『儒教』、等概念，並不能望文生義，逕自賦予中國、漢民族的認同傾向，由於漢文人的文化政治立場並非鐵板一塊，對漢學的定位，事實上也天差地遠」，[88]反之亦然，對於「漢詩文」、「漢學」、「儒教」、等概念，也不能逕自認為其歸屬於日本漢學，而應該回到個別詩人對於這些概念使用的語義脈絡進行觀察。就邱筱園而言，他所認知與理解的漢學，完整呈現於他為《詩報》創刊號所撰寫的〈詩報發刊詞〉中，他稱「漢學危微，欲墜未墜之秋，撐持其間者，詩社也。

---

[87]　黃美娥，〈實踐與轉化──日治時代臺灣傳統詩社的現代性體驗〉，《重層現代性鏡像──日治時代臺灣傳統文人的文化視域與文學想像》（臺北：麥田出版，2004），頁150，「日治時期的傳統詩社，無疑是一個新的漢文想像共同體，其間寓含政治與文化建構的意涵。」

[88]　游勝冠，〈同文關係中的臺灣漢學及其文化政治意涵──論日治時期漢文人對其文化資本「漢學」的挪用與嫁接〉，《臺灣文學研究學報》第8期（2009.04），頁302。

莘莘學子醉心西學，將我漢族固有文化，付之風雨飄搖久矣」，又言「岌岌乎漢文學之將墜地」，[89]在這些論述中，「漢學」其實就是相對於「西學」的「漢族固有文化」，而非日本漢學。由此，他所言的「以翼斯文之未喪，以揚吾道之休光」[90]中的「斯文」、「吾道」應該是蘊含著漢文化意識的，而詩社的漢詩生產則被視為是這種文化意識的展現，尤其是傳統主題的舊題詩，那些史事典故與古典舊題，總是儀式性的召喚一種文化的懷舊感，通過書寫，詩人們仿彿能穿越眼前的現實與歷史的時間，回到漢文化的傳統中。本文認為邱筱園漢詩中為數眾多的舊題詩，或可從這個脈絡來理解。

至於邱筱園的新題詩，數量不多，而且幾乎都是應題而作的擊鉢吟與課題詩。黃美娥認為「最能展現傳統詩社的現代性體驗，莫過於若干以西方事物為歌詠對象的『新題詩』創作的出現」，[91]以漢詩表現新事物與新經驗，最大的挑戰無疑來自其使用的語言，因為「古漢語在過去兩千年的時間內幾乎都沒有什麼變化，就像中世紀拉丁語與現代歐洲語言大不相同一樣，古漢語與當時的口語也差異很大」，[92]黃遵憲（1848-1905）與梁啟超（1873-1929）所倡議的詩界革命，就是要求改革古典詩歌的形式，以通俗淺白的語言取代古老的文言話語，並且使用具現代感的新詞彙，這種風潮也影響

---

[89] 同註2。
[90] 同註2。
[91] 同註87，頁165。
[92] 施吉瑞著，孫洛丹譯，《人境廬內——黃遵憲其人其詩考》（上海：上海古籍出版社，2010），頁66。

了臺灣的漢詩寫作。[93]那麼，邱筱園的新題詩究竟如何回應詩界革命的風潮呢？試以〈報午機〉一詩，進行說明：

汽笛高鳴氣象臺，桐圭影正野雲開。
寸陰是惜驚聞後，又度浮生半日來。[94]

這首詩是昭和7年（1932），全島聯吟大會的應題之作，所謂的「報午機」是日治時期取代午炮[95]的電氣報時機，多裝設於高臺，以電氣使之吹鳴，鳴終之時，則為正午，換言之，報午機的主要作用是「報時」。明治29年（1896）臺灣開始採用格林威治標準時間（Greenwich Mean Time），島嶼的時間開始與殖民母國同步，也與世界接軌，所以「報時」制度的意義在於使臺灣全島的時間標準化與同一化。而隨著這種新式時間的引進，原本抽象的時間概念被具體化成「秒、分、時」的鐘錶時間，人的日常生活因此被

---

[93] 黃美娥，〈迎向現代──臺灣新、舊文學的承接與過渡（一八九五──一九四二）〉，《重層現代性鏡像──日治時代臺灣傳統文人的文化視域與文學想像》（臺北：麥田出版，2004），頁58，「詩界何以會出現這些新題詩或具新思維的作品，西學東漸的刺激固然是主要動力，晚清新題詩的影響，也不容小覷，前述《臺灣文藝叢誌》在刊載中國文學作品上，便特別分期刊登出晚清詩界革命的大將黃遵憲《人境廬詩草》、丘逢甲《嶺雲海日樓詩鈔》的詩稿。」

[94] 邱筱園，〈報午機〉，《臺灣日日新報》1932年4月7日第八版，全島聯吟大會，名次右十五左十九。又刊於〈臺南新報〉1932年3月30日，詩壇，全島聯吟大會，頁8；又收於林欽賜編《瀛洲詩集》（臺北：光明社，1933），頁42。

[95] 呂紹理，《水螺響起──日治時期臺灣社會的生活作息》（臺北：遠流事業出版公司，1998），頁54，「臺灣總督府開始正式運行後，為了使官員都能知道正確時刻，總督府自1895年6月27日開始實施『午砲』，即每天11時半由近衛野戰砲兵聯隊至海軍部校準時鐘後，於正午發砲提醒人們校準時刻。」

「固定在永無止盡的一連串活動中」，[96]依照規律，循環往復。正午十二時，在當時官方與學校的作息規律中，[97]應是午休的開端，透過報午機的報時制度，告知一般民眾。而被規訓的身體，透過標準化的時間，「不僅工作，而且吃飯睡覺，都逐漸順應了鐘錶的需要，而不是生物體的需要」，[98]《瀛洲詩集》中隨處可見的「午餐煩汝鳴聲急」、[99]「飯香時節一聲催」、[100]「催我山荊餚飯來」[101]等，反映的就是這種適應鐘錶時間的被規訓之身體。讓我們再回到邱筱園的〈報午機〉中，這首詩的第一句「汽笛高鳴氣象臺」主要藉由聽覺與視覺來展示現代世界中的報午機，那是充盈耳畔的汽笛鳴響與永居高臺的位置。「桐圭影正野雲開」則著意於桐圭不精確的依陽測影，並由「野雲開」的意象渲染出一種安適的氛圍。「寸陰是惜驚聞後，又度浮生半日來」寫報午機對作者產生的影響，「報時」帶來了時間中的醒覺，這才意識到漫長無事的白晝已過了大半。此詩中不疾不徐的生活步調與心定氣閒的姿態，讓逃脫鐘錶時間規訓的身體，展現出怡然度日的逍遙自得。可以發現，邱筱園在書寫現代世界的新式事物時，雖然不避諱使用具現代感的新詞

96　Ben Highmore著，周群英譯，《日常生活與文化理論》（永和：韋伯文化事業公司，2005），頁9。
97　同註95，頁58，所列的臺灣總督府執務時間，中午12:00～14:00休息；此外，在日治時期學校作息體週表中，12:00～14:00也多為休息時間（頁68），可知在當時的學校與官方作息規律中，12:00～14:00多是午休時間。
98　馬歇爾・麥克盧漢著，何道寬譯，《理解媒介：論人的延伸》（北京：商務印書館，2006），頁187。
99　黃春潮，〈報午機〉，《瀛洲詩集》（臺北：光明社，1933），頁39，名次右一左七。
100　郭茂松，〈報午機〉，《瀛洲詩集》（臺北：光明社，1933），頁41，名次左十右二十七。
101　林子惠，〈報午機〉，《瀛洲詩集》（臺北：光明社，1933），頁41，名次右十一左二十二。

彙，但以這首〈報午機〉為例，其所流露的時間意識與雅潔的文字風格，仍然讓邱筱園的新題詩維持著古典傳統的審美意趣。

此外，〈懷中電火〉一詩，也展現了同樣的堅持：

> 不燈不燭不螢囊，太乙藜青自放光。
> 藉汝明心時一閃，奈何天地尚昏黃。[102]

所謂的「懷中電火」又稱「懷中電燈」（かいちゅうでん），[103]即今日之手電筒，這是日治時期取代傳統紙製提燈的新式照明器具。[104]首句的「不燈不燭不螢囊」，將懷中電火安置於傳統的知識體系中，三個「不」字，藉由否定來界定其特質，不是油燈不是燭火，也不是車胤（？-400）夜讀時使用的螢囊。「太乙藜青自放光」則將現代的懷中電火轉譯為太乙神君的青藜火，[105]鄭毓瑜認為「典故連繫起了古、今至少兩個不同時空、事件，讓一個已知成份（典故所在）去聯想出另一個未知成份，透過這種譬類關係去『命名』新事物，一開始就不可能只是對於眼前單一、固定物的翻譯或

---

[102] 邱筱園，〈懷中電火〉，《臺灣日日新報》1913年5月10日第六版桃園吟社詩壇，第二名。此詩又見於曾笑雲編，《東寧擊缽吟前集》（臺北：陳鐵厚，1934），頁224下。

[103] 《臺灣日日新報》1921年11月12日第六版「格物新編」，有關於「懷中電燈」的介紹，「美國有人名杜別那者，現發明一懷中電燈，可不需電儲，自能發電。因內部有小發電機，由摩擦而生電，頗為精巧。此燈形如手槍，發光時，以手按鍵，今美人名此燈曰杜別那懷中電燈。」

[104] 《臺灣日日新報》1910年10月9日第三版，言「懷中電燈」在新竹街盛行一時，「夜間外出，多有攜之者。市上往來，數見不鮮。向來紙製之提燈，已少有用之，此亦時趨之使然也。」

[105] 青藜火之典見於《太平廣記》卷二九一，（臺北：明倫出版社，1970），頁2319，「劉向於成帝之末，校書天祿閣，專精覃思，夜有老人著黑衣，植青藜之杖，扣閣而進，見向暗中獨坐誦書。老人乃吹杖端，赫然火出，因以照向。」

指涉」，[106]所以當邱筱園選擇青藜火的典故來連結懷中電火，懷中電火因而內具神君之物的種種可能。「藉汝明心時一閃，奈何天地尚昏黃」這兩句透過「明心」與「昏黃」的對比而發抒感慨，點亮明心原是為了照亮黯黑的夜色，卻反而襯出現實世界的昏黯，即使擁有如同神君之物的懷中電火，也無法逃離此刻所感受的黑暗，「奈何」二字抽引出一種無告無助的悲感。謝雪漁（1871-1953）評此詩：「結語有言外意，耐人尋味」，[107]即是著眼於此。

　　通過以上的分析，可以發現邱筱園的新題詩，在面對古典詩語和現代世界新經驗之間所產生的裂痕，並不避諱使用具現代感的新詞彙，但他的新題漢詩在當時趨新的風潮中，顯然並未走向重構新詞與口語白話的路途，他習慣利用傳統的知識來界定現代世界中的新事物，以古雅的舊詩語複製傳統的文化氛圍，堅守著古典漢詩的美感。

四、邱筱園漢詩的特色

　　邱筱園的生命歷程跨越了清領與日治兩個時期，他與同時代的知識份子一起面對了乙未割臺的時代變局，在新世紀到來時，又不由自主地經歷了現代性的體驗。在這樣一個「一切堅固的東西都煙消雲散了」[108]的時代中，邱筱園的漢詩如何以這種古老的文類形式

---

[106]　鄭毓瑜，〈舊詩語的地理尺度——以黃遵憲《日本雜事詩》中的典故運用為例〉，《文學典範的建立與轉化》（臺北：臺灣學生書局，2011），頁397。

[107]　《臺灣日日新報》1913年5月10日第六版桃園吟社詩壇。

[108]　此為馬克斯（Karl Heinrich Marx,1818-1883）之語，指涉十九世紀以降的現代運動所帶來的政治社會與日常生活之鉅變，譯文轉引自馬歇爾‧伯曼著，徐大建、張輯譯，《一切堅固的東

與新時代進行對話？而他的漢詩又展現了什麼樣的意涵？這是本節所欲解讀的重心。

（一）曲折地反映歷史現場

　　如前所述，邱筱園的漢詩，多屬於詩社的擊鉢吟與課題詩，且以傳統主題的舊題詩為主流。這類創作形式，尤其是擊鉢吟，是否能反映作者的生命實感，一直以來存在著相當大的爭議，如連橫（1878-1936）就直指這是一種「遊戲筆墨」、「朋簪聚首，選韻闊題，鬥捷爭工，藉資消遣」，[109]但對於邱筱園而言，擊鉢與課題似乎只是寫詩的手段，他更重視的是詩的本質：

> 士之能詩者至稱為聖，鴻篇鉅製，動輒萬言，上而國政，下而民俗。一經脫口，幾幾乎集國人之視聽焉，殆足與我亞東詩豪詩史，藻采流風，絕塵彌轍，并行而不相背馳。初非淺人詆為吟風弄月者流，而以不足輕重視之耶。[110]

　　由上可知，對於邱筱園而言，詩的作用是可以「上而國政，下而民俗」，作為反映歷史現場的「詩史」，而非僅只於「吟風弄月」。證諸於他的漢詩作品，雖然不可避免的存在著應酬的平庸之

西都烟消雲散了——現代性體驗》（北京：商務印書館，2004），頁23。

[109]　連橫，《雅堂文集》（南投：臺灣省文獻委員會，1992），頁262。江寶釵，〈向文化大傳統的回歸與變奏——連橫對臺灣古典詩「正典」的追尋〉，《東吳中文學報》第22期（2011.11），頁253-254，對連橫的說法有詳細的介紹。

[110]　同註2。

作，但他那些廣為流傳或被評家讚賞的佳作，也的確具有以詩存史的特質，試以〈桃花源〉之一為例：

> 別開卅六洞中天，鹿走羊亡幾百年。
> 漁者腳跟溪作路，麻姑眼底海為田。
> 未燒書保黃農後，靡子民遺魏漢前。
> 廿紀風雲多變色，同胞儘願舉家遷。[111]

「桃花源」為古典舊題，原是陶淵明（365-427）在面對現實世界的亂離與動盪時，所虛設的理想烏托邦（utopia）。這首詩寫桃花源，前六句扣緊桃花源的主題，「別開卅六洞中天，鹿走羊亡幾百年」點出桃花源的世外特質，而當年所欲避遷的秦末亂世，早已成為遙遠的過往。「漁者腳跟溪作路，麻姑眼底海為田」則著眼在桃花源的迷離恍惚且難以追尋，漁人當年溯循之溪已然變遷，何況又歷經滄海桑田的更迭。「未燒書保黃農後，靡子民遺魏漢前」說明作者所嚮往的桃花源，是能存續炎黃血脈，長保漢魏遺風的漢文化空間。「廿紀風雲多變色，同胞儘願舉家遷」則將此詩從傳統的理想樂土推入當前的現實情境，隨著新世紀的到來，時局詭譎多變，置身其間，作者沉吟感歎，他說與我同血緣的同胞都願意舉家

111　邱筱園，〈桃花源〉之一，《漢文臺灣日日新報》1907年3月15日第一版藝苑，又見於《臺灣日日新報》1907年3月15日第一版詞林；《詩報》第5期，1931年2月1日，頁12；曾笑雲編，《東寧擊鉢吟後集》（臺北：吳永遠，1936），頁3上；賴子清編，《臺灣詩醇》（臺北：編者自印，1935），頁65；羅享彩，《南廬紀集‧陶社故社員佳作集錦篇》（新竹：作者自印，1974），頁232。

遷往能存續炎黃血脈的桃源淨土。在世紀之交，這句話說得格外沉痛而悲涼，因為在乙未割臺事件中，臺灣人無可選擇的被推向殘酷的歷史現場，成為「棄地遺民」，[112]目睹身歷所在之島嶼自清帝國的疆土裂分為異國，被即將崩毀的帝國所棄置的臺灣人，即使心繫漢文化植根的桃源所在，卻無法迴避於現實世界中的異國殖民統治，桃花源於是成為臺灣人一種無望的鬱結。黃植亭（1868-1907）評此詩與另四首同題七律，稱「五首中無一弱句，無一閒字。琳瑯滿紙，如空潭瀉春，古鏡照神，自是斲輪老手，真當行出色技也」，[113]此外，《詩報》亦曾刊載此詩，《東寧擊鉢吟後集》與《臺灣詩醇》將之收入選本，除了純熟的詩歌技藝外，這首詩能一再的被看見，最重要的是其觸碰了臺灣人隱微不能言的心事，如同施懿琳指出的——「這種被棄／棄離的雙重折磨，乃當時臺灣人最深沉的無奈與痛苦。」[114]

　　邱筱園在昭和2年（1927）全島聯合吟會的掄元之作〈孔方兄〉，則是典型的「借物言志」：

---

[112] 施懿琳，〈日治時期臺灣舊閱人的遺民意識與認同的變異——以嘉義賴世英為中心的考察〉，《文學想像與文化認同：古典與現代中的國家與族群》（高雄：國立中山大學人文社會科學研究中心，2009），頁55-56，認為「『遺民』一詞在日治初期的臺灣，具有多重意涵」，其一是指傳統中國定義的，「不事新朝的舊臣」；其二是甲午戰敗後，被清廷所遺棄的人民；三是指被清廷遺棄後，在兵燹中得到全生的人民。由此，「凡符合被清廷遺棄、在戰火下留存下來者都可以是臺灣人定義下的『遺民』。」

[113] 《漢文臺灣日日新報》1907年3月15日第一版藝苑。

[114] 同註112，頁56。

屋仰司農絀度支，如斯事大執能為。

老兄具有神通力，合向中原救國危。[115]

詩題「孔方兄」原為錢的戲稱，前兩句「屋仰司農絀度支，如斯事大執能為」緊扣敘述對象的無所不能，屋宇破敗，農事困乏，都缺它不可。「老兄具有神通力，合向中原救國危」是此詩的重點，如果孔方兄真是無所不能，那就應該承擔重任，挽救中原的家國巨變。此詩寫於昭和2年（1927）3月20日，當時中國正處於軍閥內戰，《臺灣日日新報》在1月至3月間曾多次報導孫傳芳（1885-1935）與北伐軍交戰的情形，[116]此詩或是面對這類現實世界的重大事變而發，在尋常的詠物之題中，拓開一層，透顯臺灣知識菁英對於故國變局所抱持的強烈關懷。

此外，〈項羽〉的「不寶人民徒據地，浪驅子弟角群雄」，[117]分明直指當時內戰中的中國；〈畫蘭〉的「九畹已無根托地，傷心我欲問花神」，[118]則以鄭思肖（1241-1318）畫蘭事，暗喻現實世界的國土淪喪；〈延平郡王〉的「漢族忍教淪異類，滿人況復利諸

---

[115] 邱筱園，〈孔方兄〉，《南廬紀集‧陶社故社員佳作集錦篇》（新竹：作者自印，1974），頁230。據《臺灣日日新報》1927年3月22日第四版刊載，3月20日在臺北蓬萊閣舉辦之全島聯合吟會「次唱為瀛社潤庵桃社筱園二氏掄元。」邱維崧抄本在詩題下記「全島詩會第一名」。

[116] 例如《臺灣日日新報》1927年2月7日第二版，報導當時浙江的戰局，指張宗昌所率的援軍被北伐軍擊敗，讓孫傳芳部隊陷於孤立。

[117] 邱筱園，〈項羽〉，《詩報》第119期，1935年12月15日，頁16。又見於曾笑雲編《東寧擊鉢吟後集》（臺北：吳永遠，1936），頁3上；羅享彩《南廬紀集‧陶社故社員佳作集錦篇》（新竹：作者自印，1974），頁231。

[118] 邱筱園，〈畫蘭〉，《臺灣日日新報》1913年11月25日第六版，桃園詩壇，左七，右十一。此詩又見於羅享彩，《南廬紀集‧陶社故社員佳作集錦篇》（新竹：作者自印，1974），頁230。

藩」，[119]其實是借古喻今，發抒對於異國殖民統治的悲憤。可以發現，邱筱園自覺地以漢詩參與歷史的當下，深入劫難與創傷之中，這正呼應著他自己所言的「士之能詩者至稱為聖，鴻篇鉅製，動輒萬言，上而國政，下而民俗」，[120]換言之，邱筱園的漢詩雖用傳統舊題，但卻無所不能寫，通過具有聯想的符碼，曲折地留存著詩人在歷史現場的所思所感。

（二）充溢著憂憤不平之氣

大正15年（1926）邱筱園在參與臺灣總督上山滿之進的詩會時，曾以「塊奇士」來表述自己，[121]他在〈詩報發刊詞〉中，指稱漢詩寫作的意義在於「世有抱膝高吟、擊筑酣歌之士，孤憤成章，幽懷抒興，將啟其秘而流傳之也」，[122]而這種「孤憤成章」、「幽懷抒興」，亦可用來形容他的詩作。因為在恬淡孤高的隱士形象之下，他的心境並非隱逸二字所透現的澄靜平湖，反而潛藏著激昂的激流與漩渦。所以他的漢詩時時湧動著一種糾纏於抑鬱與憂憤之間的不平之氣，在遣興抒懷時，或譏諷時事，或痛陳異國殖民的處境。如〈獵犬〉：

---

[119]　邱筱園，〈延平郡王〉，《南廬紀集・陶社故社員佳作集錦篇》（新竹：作者自印，1974），頁229。

[120]　同註2。

[121]　同註9。

[122]　同註2。。

板橋門下有青藤，靈馴人間見未曾。

牽向士林來較獵，便驅狐兔逐秋鷹。[123]

　　這首詩以「獵犬」為主題，但言在此而意在彼。首句「板橋門
下有青藤」，用「徐青藤門下走狗鄭燮」[124]之事，拈出「走狗」二
字，「靈馴人間見未曾」表面上寫獵犬的馴良，實際上卻是就「走
狗」的特質而說，因為它的馴良是有選擇性的，一旦「牽向士林來
較獵，便驅狐兔逐秋鷹」，「士林」一詞表露出作者譏諷的是人不
是犬，他對於那些仰仗權勢，在學界任意妄為之人，感到憤恨難
平。全詩筆調辛辣尖刻，反諷意味強烈。

　　又如〈題劉季斬蛇圖〉：

　　蕉窗潑墨膽氣麤，淋漓揮灑龍蛇圖。

　　人是真龍蛇鬼蜮，劍光閃作雷霆驅。

　　信有英雄出草澤，豈容虺類長盤紆。

　　爾乃縱橫肆荼毒，掉舌咸白揚天吳。

　　伏莽含沙無處無，嚙我同胞無完膚。

　　況復冥頑梗當途，殺之豈足償其辜。

　　快劍落處風雨俱，鮮鱗迸處腥血塗。

　　憑誰滌盪神明區，先除蛇蝎後狼狐。

　　噫嘻提劍之人，胡為乎來乎。

---

[123]　邱筱園，〈獵犬〉，《詩報》第7期，1931年3月1日，擊缽錄，頁7，名次左一右二。
[124]　袁枚著，王英志校點，《隨園詩話》卷六（南京：鳳凰出版社，2004），頁134。

凜凜英風漢天子，後來祖述劉寄奴。

漢族當興天意在，西方鬼哭月輪孤。[125]

　　此詩並不是由史實史跡興感，而是由一幅漢高祖劉邦（256BC-195BC）斬蛇圖起懷，全詩的重點在於斬蛇行動本身所標示的斬奸除惡。開頭兩句「蕉窗潑墨膽氣麤，淋漓揮灑龍蛇圖」描繪圖畫上所繪的斬蛇景況，潑墨揮灑，筆觸豪邁。「人是真龍蛇鬼蜮」底下四句，仍是扣緊圖畫本身而說的，作者將圖畫中的斬蛇人劉邦定義為撥亂的英雄，不容蛇虺橫阻於道途。值得注意的是劉邦斬蛇事，原見於《史記・高祖本紀》，藉由斬殺白帝子化身的白蛇，強化赤帝子劉邦興漢的正統性，[126]但這卻非本詩作者著力之處，因為邱筱園的焦點在於蛇虺當道的猖狂與荼毒——「爾乃縱橫肆荼毒，掉舌威自揚天吳。伏莽含沙無處無，嗤我同胞無完膚。況復冥頑梗當途，殺之豈足償其辜」，這六句表面上寫圖畫中的蛇虺當道，但從作者翻騰於胸臆間的悲慨，可知應另有寓託，譏刺當道者。「快劍落處風雨俱，鮮鱗迸處腥血塗。憑誰滌盪神明區，先除蛇蝎後狼狐」則寫斬蛇除惡的快意激昂，務必掃蕩蛇蝎狼狐所代表的晦暗勢力，才能真正地撥亂反正。最後點出「漢族當興天意在」做為整首詩的收束，作者的所思所感，不言可喻。

---

[125]　邱筱園，〈題劉季斬蛇圖〉，《詩報》第4期，1931年1月17日，詞華摘錄，頁2。又見於黃洪炎編，《瀛海詩集》（臺北：臺灣詩人名鑑刊行會，1940），頁149，其「漢族當興」作「炎漢當興」。

[126]　司馬遷，〈高祖本紀〉，《史記》卷八（臺北：鼎文書局，1977），頁347，「後人來至蛇所，有一老嫗夜哭。人問何哭，嫗曰：『人殺吾子，故哭之。』人曰：『嫗子何為見殺？』嫗曰：『吾子，白帝子也，化為蛇，當道，今為赤帝子斬之，故哭。』」

可以發現，邱筱園的漢詩往往在詠物寫史之際，寓有作者的志意，也就是所謂的「寓託」（allegory），「表面上敘述某一事物。而在敘述中卻隱含有對於現實之社會、政治或某種理念的寓託」，[127]例如前引之〈獵犬〉，其表層意義是詠物，實際上卻是慨嘆小人當道；又如〈枯樹〉的「可憐高舉拏雲臂，也付紛紛蟻陣中」，[128]表面上詠寫枯樹，其實卻寓含個人理想與客觀現實的衝突，空有凌雲之志，但只能湮沉於世，無法突圍。其餘如寫伍員的「覆楚未能吳已沼，英魂空作怒濤翻」，[129]寫社鼠的「神猶受虐人何況，誅藉天鑱作短鑱」，[130]寫懷中電火的「藉汝明心時一閃，奈何天地尚昏黃」[131]，也都在寓物寫志時，流露出這種憂憤不平之氣。

（三）內含廣博的知識底蘊

邱筱園在談及詩歌創作時，嘗言「總之詩關學力，欲極其至、則又不得不多讀書矣」，[132]而所謂的「學力」與「多讀書」所呈示的知識底蘊，則可具體展現於典故的使用。梅祖麟與高友工認為「每一個典故不僅指涉過去或現在發生的事件，而且也代表一種

127　葉嘉瑩，〈從中西詩論的結合談中國古典詩歌的評賞〉，《迦陵說詩講稿》（臺北：桂冠圖書公司，2000），頁17。
128　邱筱園，〈枯樹〉，《櫟社癸丑年第四期課卷》。
129　邱筱園，〈伍員〉，《瀛海詩集》，（臺北：臺灣詩人名鑑刊行會，1940），頁149。又見於《桃園縣志》卷五，〈文教志‧藝文篇〉所錄《筱園遺稿》，（桃園：桃園縣文獻委員會，1962），頁1924。
130　邱筱園，〈社鼠〉，《陶社詩集》，（新竹：新竹縣文化局，2001），頁219，右一。
131　同註102。
132　同註2。。

『永恆的』基本類型。這是詩歌有二層意義的原因：一層指個別的物體或事件；一層指這些物體或事件所代表的原始類型」，[133]換句話說，詩人使用典故，不僅指涉個別的物體或事件，更重要的是其有意識地借用典故所代表的類型，使其成為詩歌意義構成的一環，試以〈看劍〉為例：

　　毫光直欲斗牛衝，此去延平恐化龍。
　　未遂雄心吾老矣，驚看出匣鏽重重。[134]

　　此詩首二句「毫光直欲斗牛衝，此去延平恐化龍」，使用《晉書‧張華傳》中豐城龍劍之典。[135]晉初的夜空，時有紫氣盤旋在斗宿與牛宿之間，張華（232-300）在豐城掘地四丈，於石匣中得寶劍，紫氣就隱沒了。八王之亂時，張華被殺，其子佩帶龍劍行經延平津，寶劍忽飛落水中，化龍而去。值得注意的是邱筱園用豐城龍劍之典，除了寫寶劍來歷不凡的身世外，更重要的是此劍雖然氣勢不凡，但當毫光在斗宿與牛宿間衝撞時，它是埋地四丈，不為世用；而在延平化龍而去時，又是僅僅作為典藏的佩飾，可知豐城龍劍始終有才無用。作者有意識地使用此典，以劍擬人，抒寫自己空有才華，但在當世之中卻如龍劍般無所用處。所以第三句的「未遂

[133] 梅祖麟、高友工著，黃宣範譯，〈唐詩的語意研究：隱喻和典故‧中〉，《中外文學》第4卷第8期（1976.1），頁174。
[134] 邱筱園，〈看劍〉，《瀛海詩集》（臺北：臺灣詩人名鑑刊行會，1940），頁149。
[135] 豐城龍劍之典見於《晉書‧張華傳》（北京：中華書局，1974），頁1075。

雄心」，既寫龍劍，也是作者自身的慨歎，衰暮之年壯志消磨，「驚見」與「鏽重重」之中，盡是無限的蒼涼悲慨。

又如〈海會庵聽經〉：

> 西方古聖人，道證真如日。六根淨無塵，大乘垂戒律。南宗
> 與北宗，燈傳無或失。後人學愈離，以虛掩其實。先天又金
> 童，龍華竟軼出。佛徒今滿池，教旨各撰述。奈公與菜姑，
> 金相玉其質。經誦阿彌陀，咒念波羅蜜。觸法苦相持，喃喃
> 卯至戌。一口木魚禪，彌勒笑咥咥。風林色相空，花落維摩
> 室。[136]

這是一首聽經悟道的詩。詩題中的「海會庵」位於新竹獅頭山，日治時期「獅山為臺灣十二勝之一，叢林之多，冠於島內」，[137]而海會庵居獅岩洞右側的山坳處，遊人出獅岩洞，便「迂迴而至海會庵」。[138]此詩的焦點在於「聽經」，作者認為佛教是源於「西方古聖人，道證真如日」，其後的流播則是「六根淨無塵，大乘垂戒律。南宗與北宗，燈傳無或失」，只是「後人學愈離，以虛掩其實」，所以出現了「先天又金童，龍華竟軼出」，也就是齋教的「先天派」、「金幢派」與「龍華派」，因此「佛徒今滿池，教旨各撰述」。齋教是當時臺灣勢力最大的佛教宗派，[139]又稱在家

---

[136] 邱筱園，〈海會庵聽經〉，《瀛海詩集》，（臺北：臺灣詩人名鑑刊行會，1940），頁150。

[137] 潤庵，〈獅山行腳〉，《臺灣日日新報》1933年9月27日第八版。

[138] 克堯，〈獅山行腳〉，《臺灣日日新報》1933年9月29日第八版。

[139] 姚麗香，〈日據時代臺灣佛教與齋教關係之探討〉，《臺灣佛教學術研討會論文集》（臺

佛教，以下的「奈公與菜姑，金相玉其質。經誦阿彌陀，咒念波羅蜜。觸法苦相持，喃喃卯至戌。一口木魚禪，彌勒笑咥咥」都是在敘寫齋教信徒的修行。末二句的「風林色相空，花落維摩室」則是在傳統佛教寺院海會庵的聽經悟道之言，也是作者對於木魚禪的反撥。前句的「風林」是被風擾動的林木，亦指虛幻變動的世界表相。「色相空」則出自《摩訶般若波羅蜜多心經》中的「色即是空，空即是色，色不異空，空不異色」，將世界的本質定義為當體即空。後句的「花落」、「維摩室」皆用維摩詰居士之典，說明解脫無執的悟道之境。對照季聯璧（生卒年不詳）純以白描為之的〈海會庵〉——「觀音佛像貌慈悲，海會庵中足小移。年少女尼多住此，紅塵看破問何時」，[140]可見典故的運用能讓詩語折射出更多的意義聯想，深化全詩的寓意。

　　從這個角度來檢視邱筱園的漢詩，可以發現他確實非常善於援引典故，藉由過去的經驗來闡釋當下，如〈平蕃紀事〉中的「組甲縱擒諸葛亮，屯丁耕鑿鄭開山」，[141]上句用的是諸葛亮七擒七縱孟獲（生卒年不詳）的典故，下句則為鄭成功（1624-1662）擊敗荷蘭東印度公司後，派遣軍隊駐紮屯墾之事。透過詩中這兩句，邱筱園借用典故，認為真正的「平蕃」，要如諸葛亮七擒七縱孟獲，讓蕃人心悅誠服，並且要能像鄭成功駐紮屯墾，提供蕃人良好的生

北：財團法人佛教青年文教基金會，1996），頁71，「以日據初期而言，我們雖然沒有　明確的數據足以分析當時台灣佛教與齋教的發展狀況，但由很多零星的資料，我們隱約可以了解到日據初期齋教的發展顯然更盛於傳統佛教。」

[140]　季聯璧，〈遊獅山・海會庵〉，《臺灣日日新報》1933年11月15日第八版。

[141]　邱筱園，〈平蕃紀事〉，《臺灣日日新報》1914年2月10日第六版，桃園吟社詩壇，左一右十九。

活條件。趙雲石評述其用典:「借用諸葛,善於雕琢,不似他作粗浮,的是作家」,[142]可知其典故運用的成功。而這種對於典故的有效使用,將能以少量的詞彙濃縮大量的文化記憶與過往經驗,這使得邱筱園的漢詩內含廣博的知識底蘊。

(四)別具「傳神」、「餘韻」的審美特質

　　邱筱園的漢詩每每能在日治時期的各種詩藝競技中脫穎而出,其最常被受評家讚賞的就是具有「傳神」、「餘韻」的審美特質,如〈半面美人〉:

　　　玉貌娉婷張窈窕,仙姿綽約董嬌嬈。
　　　分明可比桃花面,無奈春風隔柳條。[143]

　　這首詩詠寫半面美人,首兩句「玉貌娉婷張窈窕,仙姿綽約董嬌嬈」以兩種不同類型的美人來點題,前者是被定位為「能華藻,才色雙美者」[144]的才女張窈窕(生卒年不詳),後者則呼應著「纖手折其枝,花落何飄颺」[145]的採桑女,兩者的綰結,擴大了讀者對於美人的想像空間。後兩句「分明可比桃花面,無奈春風隔柳條」則以春風中千絲萬縷的撩亂柳絲,讓美人的桃花面在若隱若現之中,不著痕跡的點出詩題中的「半面」。此詩為桃園吟社的課題之

142　　《臺灣日日新報》1914年2月10日第六版,桃園吟社詩壇。
143　　邱筱園,〈半面美人〉,《臺灣日日新報》1913年7月9日第六版,第一名。
144　　辛文房撰,周本淳校正,《唐才子傳校正》卷二(臺北:文津出版社,1988),頁46。
145　　宋子侯,〈董嬌嬈〉,《詩選》(臺北:中國文化大學出版社,1986),頁17。

邱筱園生平

67

作，是當期三百五十七首同題競逐中的首選，[146]南社的趙雲石評：
「此題不從半面二字著想，易流於泛。太鑿實刻劃半面二字，尤易
呆板。作者能遺貌取神，不落窠臼，斯為元箸超超。且筆情尤極灑
脫之致，足徵作才」，[147]可知此詩是以「傳神」取勝。

又如〈晚鐘〉：

> 萬籟酣秋韻大鏞，餘音嫋嫋落前峰。
> 黃金塔影斜陽外，聲在經樓第幾重。[148]

這是一首詠物詩，作者卻不黏著於晚鐘之形，而純由聽覺入
手。開篇的「萬籟酣秋韻大鏞，餘音嫋嫋落前峰」寫暮秋時節，各
種聲音齊響，充盈於聽者耳畔，但只有晚鐘之鳴響由近而遠地迴盪
於天地間，「嫋嫋」二字勾勒出鐘鳴的連綿不絕，「落前峰」則寫
出了聲音由近而遠的移動。第三句的「黃金塔影斜陽外」中的「斜
陽」點出聽聞鐘聲的時刻，「黃金塔影」則又渲染了日暮的色澤與
氛圍。「聲在經樓第幾重」作為詩的尾聲，落筆空靈，鐘磬之音原
就是引人進入禪悅世界的梵音，聽鐘鳴而不知其在何處，鐘聲的悠
然飄忽，若有似無，猶如禪悟之境。魏潤庵評此詩：「不著一字，

---

[146] 《臺灣日日新報》1913年6月9日第六版，編輯謄錄，「接桃園吟社，惠到第四期月課詩鈔一束，題為半面美人，詩三百五十七首。」
[147] 《臺灣日日新報》1913年7月9日第六版。
[148] 邱筱園，〈晚鐘〉，《臺灣日日新報》1913年8月27日第六版，桃園詩壇，左一，右一。又刊於《詩報》第64期，1933年8月1日，頁3。又見於曾笑雲，《東寧擊缽吟前集》（臺北：陳鐵厚，1934），頁21。

風流自得，神酣氣恣，具見魄力」，[149]所謂的「不著一字，風流自得」是源自《二十四詩品》的「不著一字，盡得風流」，[150]其所指涉的正是王士禎（1634-1711）所倡議的神韻審美典式，「『神韻』所試圖掌握並傳示的對象內容，也就在於此等具體對象所具有的抽象不可見的性質或狀態」，[151]此詩藉由無形無色、不可觸碰的聽覺來寫晚鐘，已見構思之巧，末句工於造意，妙在言外，更是佳句，而賴紹堯的評述亦可印證其出色的藝術表現：「此作獨肯吐棄凡庸，戛戛獨造，不汲汲點題而題面題神，兩無遺憾，錄冠全軍」。[152]

　　由上可知，邱筱園的漢詩不但講究謀篇，並且致力於構思，他所遵循的顯然是一種不重細節刻畫，而以「傳神」為訴求的美學傳統，這也讓他的漢詩易於營造出「餘韻」悠揚的意境。

五、結語

　　本文其實接近考古的探掘，關於一位曾經在日治時期臺灣的漢詩權力光譜中居於核心的位置，但卻已然被時間淹沒的漢詩人——邱筱園。本文嘗試透過埋在史料裡的線索，尋找附在這個名字之上的種種資料，印證詩人存在與走過的軌跡，並且重新檢視那一首又一首散落於時間荒原的詩。現將研究成果展示於後：

149　《臺灣日日新報》1913年8月27日第六版，桃園詩壇。
150　司空圖，《二十四詩品》（臺北：金楓出版社，1999），頁74。
151　蔡英俊，《中國古典詩論中「語言」與「意義」的論題──「意在言外」的用言方式與「含蓄」美典》（臺北：臺灣學生書局，2001），頁269。
152　《臺灣日日新報》1913年8月27日第六版，桃園詩壇。

在目前可見的文史論述中，邱筱園的身份常被定調為書房教師，但這只是他生命前期的軌跡。本文透過地方志與日治時期的書報資料，重新釐定邱筱園的身份。因為從舊社會進入新社會，傳統漢學教養出身的邱筱園在被捲入現代化的歷史進程時，自覺地選擇新角色作為起點，實業家與民選之庄協議會員的雙重身份，讓他始終位居臺灣的社會領導階層。而他的兒子們在日治時期所接受的菁英教育，則可以進一步佐證此點。由此，本文以地方士紳定義邱筱園的階層位置。

　　然而就自我認同（self-identity）而言，「隱士」與「詩人」是他在面對日本殖民者與自己被殖民身份時，最常採取的表述。在邱筱園的漢詩書寫中，反覆出現隱士形像與隱逸話語，更確切地說，他慣用隱士的符碼，投射自我的影像。此外，在同時代文人眼中，邱筱園也是以隱士的形象被認識與理解。只是他的「隱」更傾向於歷史語境中迴避亂世的道隱，而非身隱。他不願意進入殖民政府的統治體系，所以用隱士的身份回應當前的情境。「詩人」則是邱筱園「文化身份」（cultural identity）中最重要的歸屬，作為桃園吟社最出色的詩人之一，他一方面藉由《臺灣日日新報》的漢詩專欄展示傑出的詩歌技藝；一方面通過桃園吟社與其他詩社之間「以詩互通」的交遊網絡，走出地域的限制，出席瀛社的活動，參與櫟社的課題，也進入全島詩人競試的聯吟大會。在全島聯吟大會中，邱筱園不但曾以詩作掄元，並四次擔任詞宗，可知他在當時臺灣的漢詩公共領域中確實具有可以

服眾的聲望，如《瀛海詩集》就稱其為漢學界耆宿。所以大正15年（1926）邱筱園創設陶社時，這個新成立的詩社竟能藉由《臺灣日日新報》而廣為人知，又能與邱筱園擔任顧問的《詩報》進行相互的文學支援，可知其握有的權力與文化資本。值得注意的是在堅守「隱士」姿態的同時，邱筱園卻又積極參與漢詩的生產與傳播，顯然「隱」只是避「仕」的權宜之計，在以漢詩存續漢族固有文化的企圖背後，他真正關注的並非一種文體的延續，而是在異國殖民的情境下漢族文化本體的把握與重建。

當我們將目光投注於邱筱園漢詩的書寫形式與主題時，可以發現其現存作品之表述方式以七絕最多，佔現存作品總數68%，其次是七律，佔現存作品總數17%。這種現象應與他漢詩生產的主要機制有密切關係，因為邱筱園的漢詩多屬於詩社的擊鉢吟與課題詩，七絕與七律則是詩社競技最常採用的文學形式，所以這應是當時臺灣漢詩文學場域一種普遍性的現象，而非邱筱園個人對於特定文學形式的偏好與選擇。至於在發表刊物方面，以《臺灣日日新報》（含漢文版）最多，《詩報》居次。前者是由於桃園吟社與《臺灣日日新報》的漢詩專欄有合作關係，後者則是自創刊開始，就與邱筱園及其創設的陶社往來密切，因而也成為了邱筱園漢詩主要的發表場域之一。在主題方面，如前所述，邱筱園的漢詩多為擊鉢吟與課題詩，在這種限題限韻的詩藝競逐中，主題所展示的往往是群體的選擇，而不是詩人個別的聲音，所以邱筱園的漢詩書寫與當時臺灣的傳統詩社有共同的趨向，那就是以傳統主題的舊題詩為主流，這是因為那些史事典故與古典舊題，總

是儀式性的召喚一種文化的懷舊感，通過書寫，詩人們仿彿能穿越眼前的現實與歷史的時間，回到漢文化的傳統中。值得一提的是邱筱園的新題詩，數量雖然不多，卻能有效的展現邱筱園在面對古典詩語和現代世界新經驗之間的裂痕時，採取的因應策略。他的新題漢詩從不避諱使用充滿現代感的新詞彙，但在當時趨新的風潮中，顯然並未走向重構新詞與口語白話的路途。他習慣利用傳統的知識來界定現代世界中的新事物，以古雅的舊詩語複製傳統的文化氛圍，堅守著古典漢詩的美感。

此外，本文還嘗試解讀邱筱園漢詩書寫的特色，將其歸納為四項特點。一是曲折地反映歷史現場，邱筱園的漢詩在感時寫物與詠史懷古時，經常扣緊自身時代的命題。通過古典傳統中諷喻寄託的創作方式，漢詩成為邱筱園表述創傷心境和殖民體驗的最佳載具。二是充溢著憂憤不平之氣，因為他的漢詩在詠物寫史之際，往往寓有作者的志意，尤其在遣興抒懷時，不時潛藏著激昂的激流與漩渦。三是內具廣博的知識底蘊，這種知識底蘊具體展現於典故的使用，藉由以少量的詞彙濃縮大量的文化記憶與過往經驗，讓詩語能折射出更多的意義聯想，深化全詩的寓意。四是別具「傳神」、「餘韻」的審美特質，邱筱園的漢詩不但講究謀篇，並且致力於構思，他所遵循的顯然是一種不重細節刻畫，而以「傳神」為訴求的美學傳統，這也讓他的漢詩易於營造出餘韻悠揚的意境。值得注意的是這些特質其實全都指向以「寄託」、「神韻」為主導的「含蓄」美典，換言之，邱筱園的漢詩所體現的正是古典傳統對於「典」、「雅」的堅持，顯然，這是他的漢詩能在許多詩藝競逐中

一再被看見的原因。

　　然而，藉由邱筱園的例子，除了其人其詩之外，我們也看見了一個具體的案例，關於湮沒與遺忘，毫無疑問，那是書寫者最深沉的恐懼，如同李賀（790-816）說的「誰看青簡一編書，不遣花蟲粉空蠹」，[153]李賀是如此恐懼他的詩，將會逐字逐句的消散粉碎於蠹魚的囓蝕中。在詩人死去之後，他以及他的詩將會轉身去面對一個更大的世界，不確定的世界。不只是本文所提及的邱筱園，日治時期臺灣漢詩譜系的建構，顯然仍存在著許多岔出的未知與空白，等待研究者的詮說與進一步補實，否則更多的人與事便會這樣在時間中永久地佚失了。

　　　　原文刊載於《臺北文獻》直字第184期（2013.6），頁113-163。

---

[153]　李賀，〈秋來〉，《李賀詩集》（北京：人民文學出版社，1998），頁55。

凡　例

一、本書試圖對日治時期臺灣漢詩人邱筱園現存之作品進行全面
　整理，主要收錄來源有五：（一）日治時期的報刊，如《漢
　文臺灣日日新報》、《臺灣日日新報》、《臺灣時報》、
　《詩報》、《風月報》、《臺灣教育會雜誌》、《臺灣教
　育》等。（二）日治時期的漢詩選本，如《東寧擊鉢吟前
　集》、《東寧擊鉢吟後集》、《臺灣詩醇》、《瀛海詩
　集》、《瀛洲詩集》等。（三）當代的漢詩選本，如《陶
　社詩集》、《大新吟社詩集》、《陶社詩選》（徐慶松藏
　本）、《南盧紀集・陶社故社員佳作集錦篇》等。（四）
　地方志中的選詩，如《桃園縣志》。（五）邱筱園家族所
　藏之抄本，如邱維崧抄本、陳蒼髯抄本等。共計收錄漢詩
　二百三十二首，散文兩篇。

二、本書正集共二卷。卷首列圖版、前序、目次、生平研究、凡
　例。卷末附錄，列傳記、邱筱園所撰之〈詩報發刊詞〉、
　〈論纏足之弊害及其救濟策〉、弔詞、輓詩、邱允妹女士訪
　談錄、邱筱園文學活動年表等。

三、本書正集分繫年詩與未繫年詩兩卷，繫年詩共八十題，
　一百二十四首，未繫年詩共四十七題，一百零八首，均標今
　注。該詩若有詩評，則列於今注之後。

四、本書之今注，列於詩後。舉凡人物、地名、史實、本事、名
　　物等均加以注釋。

五、本書所收之詩，出處皆標示於「邱筱園詩作出處檢索表」中。

卷一・繫年詩

詩一百二十四首

明治40年（1907）

桃花源[1]——龍潭吟社第二回課題

別開卅六洞中天[2]，鹿走羊亡幾百年。
漁者腳跟溪作路，麻姑眼底海為田[3]。
未燒書保黃農[4]後，靡孑民遺魏漢前。
廿紀風雲多變色，同胞儘[5]願舉家遷。

安家[6]此地獨超然[7]，金石[8]經馱[9]楚漢前。
非不臣分困刕[10]亂，縱為人世亦如仙。
沙蟲猿鶴[11]寰中劫，雞犬桑麻[12]世外天。
霞綺滿溪桃萬樹，迷津[13]莫問釣魚船。

田廬[14]結托彩霞邊，曆[15]占桃花不紀年[16]。
奉敕[17]仙家收自治[18]，出群民種演平權[19]。
山河獨殘秦無地，日月人來晉有天。
大造[20]茫茫存化境[21]，紅塵[22]是處住神仙。

蓬萊[23]自在有無天，過武陵溪[24]一愴然[25]。
雲氣白迷騎鶴客[26]，桃花紅引釣魚船。

累朝民庶餘焚玉，蔽野桑麻不稅錢。

多少遺臣滄海外，莫求仙也願求田。

渾噩[27]無為太古[28]然，避人避地獨完全。

簡中不受紅羊劫[29]，方外空談白足禪[30]。

此境闢三千世界[31]，其人超十二萬年[32]。

風潮[33]急激喧歐美[34]，東海[35]桃源別有天。

【今注】

1 桃花源：比喻世外樂土或避世隱居的地方。陶淵明〈桃花源記〉：「晉太元中，武陵人，捕魚為業，緣溪行，忘路之遠近；忽逢桃花林，夾岸數百步，中無雜樹，芳草鮮美，落英繽紛。」

2 卅六洞中天：據《雲笈七籤》，道教認為有三十六洞天，其在諸名山之中，為上仙所統治之處。

3 麻姑眼底海為田：麻姑，仙女名，事見《太平廣記》。麻姑言：「接待以來，已見東海三為桑田」，指世事變化快速。

4 黃農：黃帝軒轅氏與炎帝神農氏的合稱。

5 儘：大都、全部之意。

6 安家：建立家庭。

7 超然：超脫的樣子。陸游〈小酌〉：「投老宦遊真漫爾，平生懷抱固超然。」

8 金石：指用以頌揚功德的箴銘。

9 馱：牲畜背上載負的東西。

10 亟：屢次。

11 沙蟲猿鶴：比喻死在戰亂中的人民，葛洪《抱朴子》：「周穆王南征，一軍盡化。君子為猿為鶴，小人為蟲為沙。」王鵬運〈八聲甘州〉：「只榆關東去，沙蟲猿鶴，莽莽烽煙。」

12 雞犬桑麻：形容農村安寧的生活。

13 迷津：迷失渡頭所在。

¹⁴ 田廬：田地的房屋。韋應物〈秋郊作〉：「方願沮溺耦，淡泊守田廬。」

¹⁵ 曆：記載年、月、日、節氣等的書冊。

¹⁶ 紀年：記載年代。

¹⁷ 奉敕：敬受命令。

¹⁸ 自治：自己處理自己的事務。

¹⁹ 平權：權利平等，沒有大小、上下、貴賤之分。

²⁰ 大造：大自然、天地。黃景仁〈大造〉：「大造視群生，各如抱中兒。」

²¹ 化境：超凡的境界。《華嚴經》疏：「十方國土，是佛化境。」

²² 紅塵：俗世。范成大〈包山寺〉：「船鼓入宴坐，紅塵隔滄浪。」

²³ 蓬萊：相傳渤海中仙人居住的神山。杜牧〈偶題〉：「不到蓬萊不是仙。」

²⁴ 武陵溪：陶淵明〈桃花源記〉中，漁人沿此溪而進入桃花源。陸游〈小艇〉：
「清曉長歌何處去，武陵溪上看桃花。」

²⁵ 愴然：憂思失意的樣子。

²⁶ 騎鶴客：喻仙人，道家認為仙人皆騎鶴雲遊。陸游〈長歌行〉：「不羨騎鶴上
青天，不羨峨冠明主前。」

²⁷ 渾噩：渾沌無知。

²⁸ 太古：最古老的時代。陸游〈山澤〉：「自疑人占民，百年樂未央。」

²⁹ 紅羊劫：為傳統八卦運數之說法，指國家遭逢大難。南宋柴望《丙丁龜鑒》提
出釋義，認為每一甲子，凡逢丙午、丁未之年，就會發生大劫，後人以丙丁屬
火，於色為赤，未為羊，故稱「紅羊劫」，隱喻國難。殷堯藩〈李節度平虜
詩〉：「太平從此銷兵甲，記取紅羊換劫年。」

³⁰ 白足：指釋曇始，晉代關中人，自出家後常有神蹟，如他總是赤足而行，雖然
跋涉泥水之間，一雙赤足不但不受沾染污垢，反而比臉還白淨，所以被稱為白
足和尚。事見慧皎《高僧傳》。

³¹ 三千世界：「三千大千世界」的簡稱，為佛教的宇宙觀。其說以須彌山為中
心，七山八海圍繞，更以鐵圍山為外郭，同一日月所照的空間，稱為「小世
界」。一千個小世界稱為「小千世界」；一千個小千世界稱為「中千世界」；
一千個中千世界稱為「大千世界」。因一個大千世界是由小中大三種千世界組
成，故稱為「三千大千世界」。

³² 十二萬年：此指宋代邵康節所提出的「十二元會」之說，其根據《易經》數理
演變，以一萬零八百年為一會，從子會開天，到亥會結束，共十二萬九千六百

年，以十二萬多年的來回，描述世界人類文明的形成到毀滅的演變過程，後人則以十二萬年指稱一次開天闢地的輪迴。參見邵康節《皇極經世》。

³³ 風潮：某段時間中喧騰沸揚之事。

³⁴ 歐美：歐洲與美洲的合稱，此指具有現代性的西方文明。

³⁵ 東海：泛指東方的海。

【集評】

植亭漫評：純從桃花源妙處著筆，發揮盡致，風骨欲仙。五首中無一弱句，無一閒字。琳琅滿紙，如空潭瀉春，古鏡照神，自是斲輪老手，真當行出色技也。

明治41年（1908）

桃澗曲[1]

花徑[2]藏春色[3]，茅齋[4]寄老龍。

閒來山水癖[5]，認得幾株松。

【今注】

[1] 桃澗：桃園的古名，因其地遍植桃花。又光緒年間今日的桃園縣境屬桃澗堡管轄，可知桃澗可指地名桃園，亦可指遍植桃花的水岸。

[2] 花徑：花木之間的小路。杜甫〈客至〉：「花徑不曾緣客掃，蓬門今始為君開。」

[3] 春色：春天的景色。范成大〈夜過越上不得游覽〉：「鑑湖春色漫芳菲，付與青青湖畔草。」

[4] 茅齋：茅草建造的房屋。陸游〈茅齋〉：「茅齋雖絕小，老子策新勛。」

[5] 山水癖：喜好遊山玩水。陸紹珩《醉古堂劍掃》：「文章不療山水癖，身心每被野雲羈。」

懷鄭延平[1]

一柱擎天[2]峙不周，區區[3]金廈倡同仇。

莽榛[4]世界英雄傳，不負中朝[5]第一流。

【今注】

[1] 鄭延平：指延平郡王鄭成功。

² 一柱擎天：一根柱子撐天，用以比喻能獨力肩負重責大任。

³ 區區：微小的。李白〈寓言〉之二：「區區精衛鳥，銜木空哀吟。」

⁴ 莽榛：形容草木叢生的荒野之地。

⁵ 中朝：泛指中國。《宋史・高麗傳》：「以其歲貢中朝，不敢發兵報怨。」

遣懷詞

鶯鶯燕燕¹渾如夢，萬想千思²合³罷休⁴。

情短情長無處寫，狂奴⁵漫自賞風流。

卅六鴛鴦廠畫樓，十年春夢覺揚州⁶。

美人畢竟終難得，脈脈⁷深情付水流。

是空是色幻真吾，文杏夭桃⁸當意無。

十里平康⁹扶輦¹⁰過，評花老眼莫糊塗。

【今注】

¹ 鶯鶯燕燕：形容妓女眾多。

² 萬想千思：形容想得很多。

³ 合：應該。

⁴ 罷休：停止、休止。

⁵ 狂奴：比喻藐視權貴、狂放不羈者的老脾氣。東漢嚴光和司徒侯霸為好友，侯
  霸為官時，派人送信給嚴光，嚴光回信教訓他要懷仁輔義，不要阿諛奉迎。漢
  光武帝看信後，笑說：「狂奴故態也」，事見《後漢書・嚴光傳》。

⁶ 揚州：地名，位於江蘇省江都縣。揚州在中國文學中向來是充滿浪漫氛圍的聲
  色之地，如杜牧〈遣懷〉：「十年一覺揚州夢，贏得青樓薄倖名。」

⁷ 脈脈：眼神含情，相視不語之狀。〈古詩十九首〉：「盈盈一水間，脈脈不得
  語。」

⁸ 文杏夭桃：文杏是杏花，夭桃為豔麗的桃花，二者皆喻美麗的女子。

⁹ 平康：原是唐代長安妓女所之里巷，後喻妓院。施肩吾〈金吾詞〉：「染鬚偷嫩無人覺，唯有平康小婦知。」

¹⁰ 扶輂：扶車。

【集評】

編輯評：評花老眼，最憶糊塗。可謂先得我心矣。數語道破，吾亦云然。

明治42年（1909）

奉贈潘濟堂[1]先生

久從詩界耳聲名，相見桃園倍有情。
文采翩翩蕭穎士[2]，風懷落落謝宣城[3]，
地靈自具芝蘭氣[4]，天籟[5]多聞金石聲。
得素心人數晨夕，東籬有菊正含英。

【今注】

[1] 潘濟堂：人名，（1866-1925）日治時期漢詩人，臺灣士林人，第一屆總督府學務部生，後歷任學務部員、編修課勤務與總督府文教課員。有儒者之風，頗能詩文。

[2] 蕭穎士：人名，字茂挺（708-759），唐代蘭陵（今山東蒼山西南）人，著名散文家。平生以推引後進為己任，教誨弟子堅持道德與文章，故人稱蕭夫子。

[3] 謝宣城：人名，即謝朓（464-499），字玄暉，南朝陳郡陽夏（今河南省太康縣）人，以詩聞名，為竟陵八友之一，李白曾以「清發」形容其詩的風格。

[4] 芝蘭氣：喻君子如芝蘭一般的芳香美好。

[5] 天籟：比喻詩文渾然天成，不經雕飾。

【集評】

袖海曰：詩所有金石聲。

明治44年（1911）

恭詠　御題寒月照梅花

晚來新雪霽[1]，梅已放南枝[2]。

皓魄[3]雲開處，香魂[4]夢斷時。

空山團素影[5]，流水蘸清姿。

色相淒丹桂[6]，精神炫紫芝[7]。

嫦娥花作貌，仙子月凝脂。

兀傲[8]暗相賞，東皇[9]早受知。

【今注】

[1] 雪霽：霜雪過後轉晴。李白〈避地司空原言懷〉：「雪霽萬里月，雲開九江春。」

[2] 南枝：南邊的枝葉，向陽而暖，所以先綻放。楊萬里〈雪中看梅〉：「要尋疏影橫斜底，揀盡南枝與北枝。」

[3] 皓魄：月亮或月光。栖白〈八月十五夜玩月〉：「清光凝有露，皓魄爽無煙。」

[4] 香魂：美人之魂，此指梅花之影。趙長卿〈水龍吟・梅詞〉：「月夜香魂，雪天孤豔。」

[5] 素影：月光。皎然〈溪上月〉：「蟾光散浦溆，素影動淪漣。」

[6] 丹桂：深黃色的木樨花。黃滔〈寓題〉：「銀河水到人間濁，丹桂枝垂月裏馨。」

[7] 紫芝：真菌的一種，道教認為其是仙草。王安石〈四皓〉：「紫芝可以飽，粱肉非所嗜。」

[8] 兀傲：倔強而不隨俗。

葉聲

隨風瑟瑟¹如珠碎，墜地溶溶²似錦舖。

天籟³却從何處起，山中楓戰水邊蘆。

【今注】

1 瑟瑟：形容風吹動葉片的聲音。白居易〈琵琶行〉：「潯陽江頭夜送客，楓葉荻花愁瑟瑟。」
2 溶溶：盛多的樣子。韓偓〈驛樓〉：「流雲溶溶水悠悠，故鄉千里空迴頭。」
3 天籟：自然的聲音，指不藉任何人為所產生的聲音。歐陽修〈嵩山〉之九：「靜夜天籟寒，宿客疑風雨。」

葉聲

一夜秋風落井梧，蕭蕭¹瑟瑟有如無。

憑誰傳與丹青手²，寫入空山落葉圖。

【今注】

1 蕭蕭：風聲。
2 丹青手：畫家。高蟾〈金陵遠眺〉：「世間無限丹青手，一片傷心畫不成。」

秋螢[1]

光焰[2]其如漸斂何，空山秋盡已無多。
宵深露重飛難颺[3]，却為風吹颭[4]女蘿[5]。

【今注】

[1] 秋螢：秋天的螢火蟲。螢火蟲又名火蟲兒，夏日生於水邊，夜間腹部會發出燐光，此詩時節在秋，曠野漸寒，其餘生已無多。李咸用〈贈陳望堯〉：「秋螢短焰難盈案，鄰燭餘光不滿行。」

[2] 光焰：光輝，指螢火蟲的螢光。

[3] 颺：高飛。

[4] 颭：吹動。李商隱〈細雨成詠獻尚書河東公〉：「颭萍初過沼，重柳更緣堤。」

[5] 女蘿：植物名。長達數尺，全體呈淡黃綠色，常攀附於其他植物上生長。李白〈古意〉：「君為女蘿草，妾作菟絲花。」

大正元年（1912）

弔沖烈士[1]貞介[2]君

日本奇男子，雄聲[3]天下聞。

敦槃渝鐵血[4]，韓滿急風雲。

塞外[5]三千里，胸中十萬軍[6]。

斯人吾起敬，椒酒奠斜曛。

【今注】

[1] 烈士：重義輕生而願殺身成仁的人。

[2] 貞介：人名，即日本人沖貞介（？-1904），日俄戰爭時期因在哈爾濱執行鐵路破壞的特別任務，被俄軍捕獲，遭槍決，日本官方將其視為殉國烈士。

[3] 雄聲：威武的名聲。

[4] 鐵血：武器和鮮血。

[5] 塞外：長城以外的北方邊地。

[6] 胸中十萬軍：指其胸中的軍事謀略，猶如擁有十萬軍士。范仲淹在宋王朝與西夏的戰爭中，因戰略得當而威震邊地，袁桷為其畫像題詞：「甲兵十萬在胸中，赫赫英名震犬戎。」事見俞弁《逸老堂詩話》。梁啟超〈讀陸放翁集〉二首之二：「辜負胸中十萬兵，百無聊賴以詩鳴。」

弔沖烈士貞介君

暝暝[1]天無色，飄飄雪有聲。

一身純鐵鍊，孤劍[2]暴秦行。

憤血³琿河⁴水，歸魂⁵哈爾城。

多君為國俠，不見敵行成。

【今注】

1　暝暝：昏暗貌。
2　孤劍：「劍」同劍，原為一把劍，此借指單獨的武士。
3　憤血：懷著愁恨之血。
4　琿河：河名，位於松江省。
5　歸魂：指死。

弔沖烈士貞介君

一舉先制敵，精神尚武尊¹。

欲探前虎穴²，合搴³後狼門。

膽自崑崙⁴大，氣將雲夢⁵吞。

鬚眉⁶何處見，蕩蕩大和魂⁷。

【今注】

1　武尊：即日本武尊，日本神話人物，傳說其力大無窮，善用智謀，於景行天皇期間東征西討，為大和王權開疆擴土。事見《古書記》。
2　虎穴：喻凶險之地。
3　搴：拔取。
4　崑崙：山名，位於新疆和西藏之間，因其高峻，所以中國神話多認為以其能連結天上，此處指沖貞介的膽氣之高可以比擬崑崙山。
5　雲夢：湖名，指古代的雲夢大澤，其地約在長江、漢水間一帶地區，此處指沖貞介的氣勢之大可以吞沒雲夢大澤。
6　鬚眉：喻男子漢。秦觀〈游仙〉之二：「二三古鬚眉，冠雲帶含光。」
7　大和魂：原為日本平安時代的古語，相對於漢學文化，專指日本傳統之精神。

對菊

秋心真素印無痕，天澤[1]涵濡[2]露正繁。

欲問可能如我談，臨風相對卻忘言[3]。

【今注】

[1] 天澤：上天的恩澤。齊己〈盆池〉：「平穩承天澤。」

[2] 涵濡：滋潤、浸潤。蘇轍〈墨竹賦〉：「今夫受命於天，賦形於地，涵濡雨露，振盪風氣。」

[3] 忘言：不藉言語而心領神會。陶淵明〈飲酒詩〉之五：「此中有真意，欲辨已忘言。」

對菊

金英[1]璀燦小園東，傲骨[2]幽姿迥不同。

百卉蕭條[3]惟見汝，一尊日與對西風。

【今注】

[1] 金英：指菊花。陳叔達〈詠菊〉：「霜間開紫蒂，露下發金英。」

[2] 傲骨：高傲不屈的氣骨。戴埴《鼠璞》：「唐人言李白不能屈身，以腰間有傲骨。」

[3] 蕭條：寂寥冷清的樣子。曹植〈贈白馬王彪〉：「原野何蕭條，白日忽西匿。」

重陽即事

黃英¹灼爍²其精神，林下逍遙自在身。
恰好欲澆胸壘塊³，中山酒⁴送白衣人⁵。

【今注】

1 黃英：指菊花。
2 灼爍：光彩明豔。
3 壘塊：喻鬱結於心的憂憤與不平。
4 中山酒：能千日醉之酒。劉玄石曾在中山酒家買酒，酒家賣給他千日酒，回家
之後，大醉，家人誤以為他死去，而將其埋葬。中山酒家計算日期已滿千日，
前往探訪，開棺後，劉玄石才酒醒。事見張華《博物志·雜說》。
5 白衣人：用「白衣送酒」之典，指送酒的人。一次重陽節，陶淵明正撫琴賞
菊，正遺憾無酒可飲，忽見一白衣人送酒而來，原來是江州刺史王弘的使者。
事見檀道鸞《續晉陽秋》。

重陽即事

九日¹誰登戲馬臺²，悲歌慷慨³有餘哀。
神州⁴回首空陳述，萬里⁵風雲鬱不開。

【今注】

1 九日：農曆九月九日為重陽節。蘇轍〈九日〉之二：「欲就九日飲，旋炊三斗
醅。」
2 戲馬臺：臺名，在江蘇銅山縣南。項羽滅秦後，建都彭城，築崇臺於南山以觀
戲馬。陸游〈重九會飲萬景樓〉：「彭城戲馬平生意，強為巴歌一解頤」。

4 神州：中國的代稱。《史記・孟子荀卿傳》：「中國名曰赤縣神州。赤縣神州
內自有九州，禹之序九州是也，不得為州數。」
5 萬里：形容極遠。范成大〈西山有單鵠行〉：「西江有單鵠，託身萬里雲。」

重陽即事

不插茱萸[1]不避災，登高欲賦愧無才。

新詩吟向西風裏，小苑[2]黃花一夜開。

【今注】

1 茱萸：植物名，古代將茱萸作為驅邪之物，每逢重陽節，人人折茱萸插頭，認
為可以避邪。王維〈九月九日憶山東兄弟〉：「遙知兄弟登高處，遍插茱萸少
一人。」
2 小苑：種植草木果蔬之地。

重陽即事

一紙雲函[1]雁到遲，白蓮社[2]上動吟思。

馬當風送[3]王才子[4]，今日風高[5]又送誰。

【今注】

1 雲函：指書信。
2 白蓮社：東晉時，高僧慧遠在廬山東林寺與慧永、慧持及名儒劉遺民等共結
白蓮社，立彌陀像，同修西方淨土業。因寺院有池栽植白蓮，故稱為「白蓮

社」。謝靈運曾想入社，但慧遠以其心雜而不允許。事見《大正新脩大藏經》。

3　馬當風送：「馬當」，地名。唐初，王勃曾欲往交趾探望父親，九月重陽夜，船還在馬當，半夜突然刮起一陣怪風，將船吹到八、九百里外的江西南昌，正好趕上閻伯嶼在滕王閣所設的酒宴，王勃即席寫下著名的〈滕王閣序〉。事見馮夢龍《醒世恆言・馬當神風送滕王閣》。

4　王才子：指王勃（650-676），字子安，絳州龍門人，為唐初四傑之一，《舊唐書・王勃傳》稱其：「六歲解屬文，構思無滯，詞情英邁。」

5　風高：風大。

重陽即事

登高豈避吏催租[1]，結伴詞人又酒徒[2]。

自采黃花双鬢插，夷然[3]故態[4]笑狂奴[5]。

【今注】

1　吏催租：指官吏催租，破壞詩興。宋代的潘大臨工於詩，謝逸曾寫信問：「近新作詩否？」大臨答覆：「秋來景物，件件是佳句，恨為俗氣蔽翳。昨日清臥，聞攪林風雨聲，遂題壁曰：『滿城風雨近重陽』忽催租人來，遂敗意。只此一句奉寄。」事見釋惠洪《冷齋夜話》。

2　酒徒：嗜酒的人。李白〈梁甫吟〉：「君不見高陽酒徒起草中，長揖山東隆準公。」

3　夷然：平靜鎮定的樣子。

4　故態：舊日或平日的舉止、態度。陸游〈睡起書事〉：「烈士壯心雖未減，狂奴故態有誰容？」

5　狂奴：喻藐視權貴、狂放不羈者。漢代嚴光和司徒侯霸為好友，侯霸為官時，派人送信給嚴光，嚴光回信教訓他要懷仁輔義，不要阿諛奉迎。漢光武帝看信後，笑說：「狂奴故態也」。事見《後漢書・嚴光傳》。

蕉絲

墙[1]角芭蕉號美人，風前嬝娜[2]幾經春。

情絲萬縷抽難盡，此是天然織女[3]身。

【今注】

[1] 墙：「牆」的異體字。

[2] 嬝娜：姿態柔美的樣子。

[3] 織女：中國神話中天帝的小女兒，善織，後借指為從事紡織的女子。

紙鳶[1]

放來巧似脫鞲鷹[2]，高出青雲又幾層，

秋色滿空風力大，絲綸[3]在手任飛騰。

【今注】

[1] 紙鳶：風箏的別名。陸游〈新秋感事〉：「風際紙鳶那解久，祭餘芻狗會堪哀。」

[2] 鞲鷹：指猶如脫離獵人手上護套的獵鷹。陸游〈遣懷〉：「許國區區不自勝，秋風空羨下鞲鷹。」

[3] 絲綸：指操縱風箏的絲線。

紙鳶

取勢翩翩[1]橫碧落[2]，一絃響徹白雲層。

綠楊樓角初飛雨，欲下真如巧避矰[3]。

【今注】

[1] 翩翩：行動輕快的樣子。曹植〈贈白馬王彪〉：「歸鳥赴喬林，翩翩厲羽翼。」

[2] 碧落：道家認為東方最高的天有碧霞遍布，故稱為「碧落」，後借指天空。黃庭堅〈衡山〉：「上觀碧落星辰近，下視紅塵世界遙。」

[3] 矰：繫有絲繩，用以射鳥的箭。陸游〈兩雁〉：「冥飛遠矰弋，長路諳冰霜。」

白雁

傳書足亦帶霜縑[1]，南國秋深伴陸漸，

飛入蘆花[2]看不見，一聲啼破雨廉纖[3]。

【今注】

[1] 霜縑：細緻潔白的絲絹。

[2] 蘆花：蘆葦花下所叢生的白毛。由於外觀似花，所以一般人多誤以為蘆花。

[3] 廉纖：指微小、纖細。韓愈〈晚雨〉：「廉纖晚雨不能晴，池岸草間蚯蚓鳴。」

大正2年（1913）

懷中電火[1]

不燈不燭不螢囊[2]，太乙[3]藜青[4]自放光，

藉汝明心時一閃，奈何天地尚昏黃[5]。

【今注】
[1] 電火：電燈。
[2] 螢囊：將流螢盛入囊中，用以照明。
[3] 太乙：即太一，天界地位最高的神。
[4] 藜青：即青藜火，神仙所用的神火。劉向曾在天祿閣校書，夜間忽有一黑衣老人，拿青藜之杖，扣閣而入，見劉向在黑暗中獨坐誦書。老人於是輕吹杖端，竟然冒出火，他用這神火照明，對劉向詳細說明開天闢地之前的故事，又傳授《五行洪範》之文。事見《太平廣記》。
[5] 昏黃：形容天色幽暗。

【集評】
謝雪漁評：結語有言外意，耐人尋味。

懷中電火

一管能韜[1]萬道光，紫金蛇[2]在袖中藏。

瀟瀟不斷前山雨，卻伴雌雷[3]送夕陽。

【今注】

1　韜：隱藏。

2　紫金蛇：喻閃電。蘇軾〈望海樓晚景五絕〉之二：「雨過潮平江海碧，電光時
　　掣紫金蛇。」

3　雌雷：聲音不大的悶雷。洪邁《容齋三筆·歲月日風雷雌雄》：「春雷始起，
　　其音格格，其霹靂者，所謂雄雷旱氣也；其鳴依依，音不大霹靂者，所謂雌雷
　　水氣也。」

【集評】

謝雪漁評：風韻自佳。

懷中電火

是誰鍊就電陰陽[1]，炫耀時爭月一方。
胸次[2]本無昏屋漏，善藏餘燄自流光。

【今注】

1　陰陽：化生萬物的兩種元素，即陰氣、陽氣。陸游〈玉京行〉：「縹囊蕊笈出
　　祕方，日精月華鍊陰陽。」

2　胸次：心中。范成大〈林元復輓詩〉：「胸次崢嶸滿貯書，十年名字滿江
　　湖。」

【集評】

謝雪漁評：作道學語而詞調自清。

懷中電火

照乘何須重夜光，收他電影[1]入金囊[2]。
胸中別有紅霓氣[3]，一吐還教萬丈長。

【今注】

[1] 電影：電光之影。

[2] 金囊：放置黃金的袋子。

[3] 紅霓：「霓」，彩虹，虹霓氣指吐氣能成天上的彩虹之氣勢，形容氣魄很大。張宰〈滿庭芳・壽字守四月十四〉：「氣吐虹霓，筆飛鸞鳳，從來錦繡文章。」

【集評】

謝雪漁評：用側擊法，語自闊大。

蘇小墓[1]

彼美多情費夢思，陽台行雨[2]至今疑。
西陵松柏[3]長終古，乍奈同心結斷時。

【今注】

[1] 蘇小墓：蘇小小是南北朝南齊時期，錢塘著名的歌妓，死後葬於西湖畔，她的墓地是歷來文人憑弔感思之所，如李賀、權德輿、羅隱等都有題為〈蘇小小墓〉的詩作。

[2] 陽台行雨：指男女歡愛。「陽台」，山名，在四川巫山縣。宋玉曾作〈高唐賦〉，述楚王游高唐，夢見一婦人，自稱巫山之女，王因幸之，去而辭曰：

「妾在巫山之陽，高丘之阻，旦為行雲，暮為行雨，朝朝暮暮，陽台之下。」張岱《西湖夢尋》言司馬槱祭蘇小小墓，「是夜，夢與同寢，曰：『妾愿酬矣。』自是幽昏三載，才仲亦卒于杭，葬小小墓側。」此句應言蘇小小自薦枕席事。

3 西陵松柏：此句指蘇小小當年等待情人之處，化用自〈蘇小小歌〉中的「我乘油壁車，郎乘青驄馬，何處結同心，西陵松柏下。」

【集評】

林癡仙評：運用古詞，食而能化，魂交夢接，一往情深。

蘇小墓

向月為雲遂所期，百花深處葬瓊枝。

新詞唱徹〈黃金縷〉[1]，惆悵[2]香雲入夢時。

【今注】

1 黃金縷：傳說蘇小小在死後多年，在夢中與宋人司馬槱相遇，其所歌的新曲即〈黃金縷〉。張岱《西湖夢尋》：「宋時有司馬槱者，字才仲，在洛下夢一美人搴帷而歌，問其名，曰：西陵蘇小小也。問歌何曲？曰：〈黃金縷〉。」
2 惆悵：悲愁、失意。

【集評】

林癡仙評：掃盡傳奇中蘇小歷史，自能描寫一生死多情之女子。活現紙上，下筆迥不猶人，風神搖曳處，亦去晚唐不遠。

蘇小墓

蘅芷[1]湘蘭寄所思，墓門荊棘又誰悲。

西泠[2]風月銷沉後，梅雨瀟瀟叫子規[3]。

【今注】

[1] 蘅芷：指香草。

[2] 西泠：〈蘇小小歌〉中蘇小與情人結同心處，亦是埋葬之所。張岱《西湖夢尋》：「西泠橋一名西陵，或曰：『即蘇小小結同心處也。』及見方子公詩有云：『數聲漁笛知何處，疑在西泠第一橋。』陵作泠，蘇小恐誤。」

[3] 子規：杜鵑鳥。陸游〈時鳥〉：「日出鳴布穀，月落子規啼。」

【集評】

林癡仙評：生相憐，死相捐，千古人情。如是不僅為美人寄慨也。

蘇小墓

〈金縷〉能歌絕妙詞，秋墳不唱鮑家詩[1]。

錢塘江上風流種，片石[2]誰為署可兒。

【今注】

[1] 鮑家詩：指鮑照的詩，鮑照曾作〈代蒿里行〉，詩中以亡者的口吻抒發對人世的戀慕與對死亡的怨懟。李賀〈秋來〉：「秋墳鬼唱鮑家詩，恨血千年土中碧。」

[2] 片石：指石碑。

林癡仙評：吐屬尚雅。

半面美人

玉貌娉婷[1]張窈窕[2]，仙姿綽約[3]董嬌嬈[4]。

分明可比桃花面[5]，無奈春風隔柳條。

【今注】

1 娉婷：美好。

2 張窈窕：唐代女詩人，《唐詩紀事》：「窈窕居於蜀，當時詩人，雅相推重。

3 綽約：柔媚婉約。

4 董嬌嬈：美麗的女子，宋子侯〈董嬌嬈〉：「不知誰家子，提籠行采桑。纖手折其枝，花落何飄颻。」

5 桃花面：女子美麗如桃的容顏。

【集評】

趙雲石評：此題不從半面二字著想，易流於泛。太鑿實刻劃半面二字，尤易呆板。作者能遺貌取神，不落窠臼，斯為元箸超超。且筆情尤極洒脫之致，足徵作才。

半面美人

帳中金翠認阿嬌[1]，似隔蓬山[2]萬里遙。

隱約嫦娥[3]留片影[4]，十三夜月[5]可憐宵。

【今注】

1. 阿嬌：本指漢武帝陳皇后，後借指漂亮的女孩。楊巨源〈名妹詠〉：「阿嬌年未多，體弱性能和。」

2. 蓬山：蓬萊山，為神話傳說中的仙山，後指仙境。李商隱〈無題〉：「蓬山此去無多路，青鳥殷勤為探看。」

3. 嫦娥：后羿的妻子。相傳因偷吃不死之藥而飛昇月宮，成為仙女，原為姮娥，漢人為避文帝諱，改「姮」為「嫦」。。

4. 片影：一片影子。李商隱〈越燕〉：「拂水斜紋亂，銜花片影微。」

5. 十三夜：指陰曆十三日的晚上，夜月特別明亮皎潔。又日本陰曆九月十三日另有觀月習俗，稱「十三夜」。

【集評】

趙雲石評：不著一字，盡得風流。詩筆朗潤，有如仙露明珠。

半面美人

佯羞袂掩[1]淡紅綃[2]，故心[3]人前作態嬌。

一瞥驚鴻[4]花裡去，似曾相識[5]正垂髫[6]。

【今注】

1. 袂掩：用衣袖遮掩。

2. 淡紅綃：淡紅色的絲織品，此指衣物。

3. 故心：舊情。納蘭性德〈木蘭令・擬古決絕詞〉：「等閑變卻故人心，卻道故心人易變。」

4. 驚鴻：受驚而輕捷飛起的鴻雁，此借指美女。歐陽修〈玉樓春〉：「驚鴻過後生離恨，紅日長時添酒困。」

5. 似曾相識：對所見的人、事、物感覺熟悉，卻又不真切。晏殊〈浣溪沙〉：「無可奈何花落去，似曾相識燕歸來。」

6 垂髫：古時孩童不束髮，故稱孩童為「垂髫」。陸游〈寄子虡〉：「念汝未育
   子，大女方垂髫。」

【集評】

趙雲石評：詩筆瀟灑，神味悠然。

半面美人

知是含嗔[1]是撒嬌[2]，桃腮[3]一片暈紅潮。

邀誰畫爾春風面[4]，半月娟娟[5]作樣描。

【今注】

1 含嗔：生氣。
2 撒嬌：仗著對方的寵愛而恣意做出嬌態。
3 桃腮：形容女子粉紅色的臉頰。
4 春風面：比喻美麗的容貌。杜甫〈詠懷古跡〉之三：「畫圖省識春風面，環珮
   空歸月夜魂。」
5 娟娟：明媚貌。蘇軾〈和王斿〉之二：「嫋嫋春風送度關，娟娟霜月照生還
   。」

【集評】

趙雲石評：秀茂輕靈。

張良

不效批鱗[1]回主意，卻尋人物為安劉。

一言自起商山老[2]，雕輦[3]教陪太子游。

【今注】

1. 批鱗：觸犯君王或顯貴人物，即直言諍諫。《新唐書・魏徵傳》：「陛下導臣使言，所以敢然；若不受，臣敢數批逆鱗哉！」

2. 商山老：即商山四皓，指秦末隱士東園公、夏黃公、綺里季、甪里，四人因避秦亂世而隱居商山，因鬚眉皓白，故稱四皓。漢高祖欲另立太子，呂后找張良商量，請出四皓輔佐太子，讓高祖改變主意。事見《史記・留侯世家》。

3. 雕輦：原是古代皇帝的坐車，亦可指貴族富豪的車子。張耒〈上元思京輦舊遊〉之三：「萬雉春城逼絳霄，上元雕輦盛遊遨。」

【集評】

戴還浦評：從仕漢一節立論，亦足見子房之才智，詩品蘊藉，饒有風致。

絕纓會[1]

待人別自有權衡[2]，宥過[3]偏教共絕纓。

敢為婦人來辱士[4]，也如二卵棄干城[5]。

【今注】

1. 絕纓會：戰國時楚莊王與群臣宴飲，日暮酒酣，殿燭熄滅，有人扯王后衣裳，王后絕斷其冠上的帽帶，請王點火查看。楚王反令群臣盡斷絕冠上的帽帶，而後點火，使扯衣者不致受辱。兩年後，晉楚交戰，有一將奮勇殺敵，打敗晉國，王問其人，即是夜絕纓者。事見韓嬰《韓詩外傳》。

2. 權衡：評估事物的得失輕重。劉勰《文心雕龍・鎔裁》：「權衡損益，斟酌濃淡。」

3. 宥過：赦免過錯。

4. 辱士：侮辱士人。

5. 二卵棄干城：喻因人有小過而忽其大節。子思向衛君推薦苟變為將，衛君亦知苟變為將材，但因他在一次征賦時食人二雞蛋，故不予任用。子思認為用人應取其所長，棄其所短，不要因為兩個雞蛋就放棄能捍衛國城的大將。事見《孔叢子・居衛》

【集評】

黃贊鈞評：不粘不脫，借襯亦好。

晚鐘

萬籟[1]酣秋[2]韻大鏞[3]，餘音嬝嬝[4]落前峰。

黃金塔影斜陽[5]外，聲在經樓第幾重。

【今注】

[1] 萬籟：泛指自然界的各種聲音。岑參〈暮秋山行〉：「千念集暮節，萬籟悲蕭晨。」

[2] 酣秋：深秋。

[3] 大鏞：樂器名，即大鐘。

[4] 餘音嬝嬝：形容聲音非常美妙，綿延不絕。

[5] 斜陽：夕陽。

【集評】

賴紹堯：此題押冬韻，作者大恆隨手點題，且易押韻，搖筆即來，不假思索，幾乎手手一律矣。此作獨肯吐棄凡庸，戞戞獨造，不汲汲點題而題面題神，兩無遺憾，錄冠全軍，俾知文章制勝因在此而不在彼也。

魏潤菴評：不著一字，風流自得，神酣氣恣，具見魄力。

畫蘭

風枝露葉[1]賸殘春，潑墨花間獨寫神。
惆悵國香[2]零落盡，秋風有淚哭靈均[2]。

【今注】

[1] 風枝露葉：風中含帶露水的枝葉。蘇軾〈荔支歎〉：「風枝露葉如新採。」
[2] 國香：蘭花的別稱。《左傳》：「以蘭有國香，人服媚之如是。」
[3] 靈均：屈原的字，此指屈原，名平，又名正則，戰國時楚人，曾為左徒、三閭大夫。楚懷王時，遭靳尚等人毀謗，被放逐於漢北，於是作《離騷》表明己心。頃襄王時被召回，又遭上官大夫譖言而流放至江南，終因不忍見國家淪亡，懷石自沉汨羅江而死。劉長卿〈送李侍御貶郴州〉：「洞庭波渺渺，君去弔靈均。」

畫蘭

一拳綺石證前因[1]，漠漠[2]風香淡寫真[3]。
九畹[4]已無根托地[5]，傷心我欲問花神[6]。

【今注】

[1] 前因：佛教用語，指一切事皆種因於前。
[2] 漠漠：寂靜無聲。秦觀〈浣溪紗〉：「漠漠輕寒上小樓，曉陰無賴似窮秋。」
[3] 寫真：繪畫圖像。楊萬里〈和姜邦傑春坊續麗人行〉：「是時當面看寫真，卻遣 琵琶彈塞塵。」
[4] 九畹：天下。
[5] 根托地：著根之地。此處用宋代鄭思肖畫蘭事，思肖自宋亡後，寫蘭每不畫

土，人詰問之，則謂「為番人奪去，汝猶不知耶？」事見《新元史・隱逸傳》。

⁶ 花神：司花的神祇。

畫蘭

湘江夜雨思公子，空谷春暉¹憶美人。

自展湘紈²來寫照，莫教冷落在風塵³。

【今注】

¹ 春暉：春天的陽光。蘇舜欽〈春睡〉：「別院簾昏掩竹扉，朝醒未解接春暉。」

² 湘紈：畫布。劉鶚〈題勻湖蓮隱圖應周石君刺史之屬〉：「聞道高人殊戀此，湘紈一幅畫中收。」

³ 風塵：世俗。高適〈封丘作詩〉：「乍可狂歌草澤中，寧堪作吏風塵下。」

大正3年（1914）

拜歲蘭[1]

氣孕陽和[2]骨自妍，幽香輕重藉風傳。

寸心[3]似欲回天地，百折[4]從無失後先。

御苑[5]曾同芝獻瑞[6]，名山常共菊迎年，

孤芳[7]不以人無戢[8]，獨放東皇太乙[9]前。

【今注】

[1] 拜歲蘭：花名，即報歲蘭，因其開花時間多在農曆年前後，故有此稱。

[2] 陽和：祥和溫暖。陳師道〈立春致語口號〉：「收拾陽和作早春。」

[3] 寸心：心中。陸游〈感事六言〉：「雙鬢多年作雪，寸心至死如丹。」

[4] 百折：比喻曲折之多。陸游〈舟中戲書〉：「平生萬事付之天，百折猶能氣浩然。」

[5] 御苑：帝王的園林。李紳〈重入洛陽東門〉：「連野碧流通御苑，滿階秋草過天津。」

[6] 獻瑞：謂呈獻祥瑞。鄒選〈金馬門賦〉：「海若獻瑞，馮夷效祥。」

[7] 孤芳：比喻人品高潔或懷才不遇。張耒〈感遇〉之七：「豈無孤芳者，佳菊獨煌煌。」

[8] 戢：將兵器收聚而藏。

[9] 東皇太乙：即東皇太一，先秦時代楚國神話中最高位的大神。

平蕃紀事[1]

甌脫[2]何堪視等閒，又安民社責攸關。

盤蛇[3]勞作雲間戍，馴虎功收化外[4]頑。

組甲[5]縱擒諸葛亮[6]，屯丁[7]耕鑿鄭開山[8]。

恩威自被麻丹畢，繩住強弓不敢彎。

【今注】

[1] 平蕃紀事：此詩為桃園吟社之課題詩作，《臺灣日日新報》在大正3年2月10日至2月20日陸續刊出入選詩作，同年夏天才發生佐久間左馬總督親赴戰場督導鎮壓太魯閣蕃之事，所以〈平蕃紀事〉所紀者並非大正3年6月至8月的太魯閣蕃鎮壓事件。事實上，大正2年6月至大正3年2月，《臺灣日日新報》屢次出現「太魯閣蕃不穩」的報導，並有零星的鎮壓行動，此詩的主題應是針對這　期間平太魯閣蕃的行動而發。

[2] 甌脫：原為古代少數民族屯戍或守望的土室，此借指臺灣原住民。

[3] 盤蛇：盤繞曲折貌。唐順之〈登常山山亭次壁間韻〉：「棧度盤蛇際，灘行磨蟻中。」

[4] 化外：政令所到達不到的地方。《唐律疏義・化外人相犯》：「諸化外人，同類自相犯者，各依本俗法。」

[5] 組甲：原為甲衣，此借指士兵、軍隊。惲日初〈燕京雜感〉：「月明組甲三千里，風動瑯弓十六州。」

[6] 諸葛亮：人名，字孔明（181-234），三國蜀漢琅琊郡陽都人（今山東省沂水縣）。諸葛亮征南夷，曾經七次生擒酋長孟獲，七次釋放，使之心悅誠服，不復背叛。

[7] 屯丁：屯田之人。嚴如熤《三省邊防備覽・策略》：「核其田為屯田，編其人為屯丁。」

鄭開山：指鄭成功，鄭成功被臺灣民間稱為「開山始祖」，奉祀其的廟宇亦稱「開山王廟」。

【集評】

趙雲石評：詩心細膩，詞旨圓融。借用諸葛，善於雕琢，不似他作粗浮，的是作家。

平蕃紀事

大將威名佐久間[1]，三年考績著平蠻。

維新[2]業在應同化，泰古[3]風遺尚閉關。

流水小桃秦外地[4]，秋風叢桂夢中山[5]。

腦筋[6]誰絞文明汁，灑作陰厓[7]戰血殷。

【今注】

[1] 佐久間：即佐久間左馬（1844-1915），第五任臺灣總督（1906-1915）。他在1910年至1915年實行第二次「五年理蕃計劃」，以軍警圍勦，迫使原住民歸順，並施行撫育政策促其同化。

[2] 維新：革除舊法，實施新政。

[3] 泰古：遠古時代。

[4] 流水小桃秦外地：此喻桃花源。「流水小桃」是〈桃花源記〉中所言的：「緣溪行，忘路之遠近。忽逢桃花林，夾岸數百步，中無雜樹」；「秦外地」則是「先世避秦時亂，率妻子邑人來此絕境，不復出焉」。

[5] 秋風叢桂夢中山：此喻隱士隱居之地。淮南小山有〈招隱士〉，言隱士所居為「桂樹叢生兮山之幽」。

[6] 腦筋：思考力。

[7] 陰厓：背陽的山厓。

平蕃紀事

饒歌[1]聲裡一軍還，犵鳥蠻花[2]也解顏[3]。

闢地[4]文明扶種族，憑誰忠信入夷蠻。

千年寶藏開猺洞[5]，百里珠崖[6]接漢關。

從此人群隨進化，熙熙[7]同住合歡山。

【今注】

[1] 饒歌：屬於樂府的鼓吹曲辭，是軍隊凱旋時所演奏的樂曲。

[2] 犵鳥蠻花：邊遠之地的花鳥。

[3] 解顏：開口而笑。

[4] 闢地：開墾荒地。

[5] 猺洞：西南少數民族猺人穴居之處。朱熹《朱子語類》：「今蠻夷猺洞中有尸之遺意，每遇祭祀鬼神時，必請鄉之魁梧姿美者為尸。」

[6] 珠崖：地名，位於海南島。張景祁〈酹江月〉：「瓊島生塵，珠崖割土，此恨何時雪？」

[7] 熙熙：和樂的樣子。范仲淹〈閱古堂詩〉：「熙熙樂不淫。」

大正5年（1916）

白衣送酒[1]

拼將醉菊過重陽，徒倚東籬自顧芳。

盜飲[2]不妨師畢卓[3]，愛才況復出王郎[4]。

愁城莫解青衣[5]役，解使偏逢白袷[6]裝，

洗盞欣然花下酌，儘容處士老柴桑[7]。

【今注】

[1] 白衣送酒：一次重陽節，陶淵明正撫琴賞菊，正遺憾無酒可飲，忽見一白衣人送酒而來，原來是江州刺史王弘的使者。事見檀道鸞《續晉陽秋》。

[2] 盜飲：偷喝酒。

[3] 畢卓：人名，字茂世，河南新蔡人，晉元帝時曾為吏部郎，因飲酒而廢職。其人豪放任性，好喝酒，不拘小節，嘗言：「一手持蟹螯，一手持酒杯，拍浮酒池中，便足了一生！」事見《世說新語・任誕》。

[4] 王郎：指王弘，字休元，琅邪臨沂人，曾任江州刺史，很欣賞陶淵明。事見《宋書・王弘傳》。

[5] 青衣：低階文官的服色，亦稱青衫。白居易〈琵琶行〉：「江州司馬青衫濕。」

[6] 白袷：白夾衣，指閒居便服。李商隱〈春雨〉：「悵臥新春白袷衣，白門寥落意多違。」

[7] 柴桑：地名，位於江西省九江縣西南，為陶淵明的故里。

【集評】

林知義評：起句超卓，結句氣象亦不凡。

諸葛廬[1]

小廬草草[2]結南陽[3]，抱膝閒吟[4]歲月長。

天下一家籌樹國，隆中[5]五畝課栽桑。

風雲際會[6]勞三顧[7]，雷雨經綸[8]蘊一堂。

底事許身誅漢賊，未容高臥白雲[9]邪。

【今注】

[1] 諸葛廬：諸葛亮在出仕前，曾經隱居在南陽草廬之中。劉禹錫〈陋室銘〉：「南陽諸葛廬，西蜀子雲亭。」

[2] 草草：草率、隨便。

[3] 南陽：地名，湖北省襄陽，諸葛亮出仕前曾隱居於此地。

[4] 抱膝閒吟：以手抱膝而坐，長吟〈梁父吟〉。《三國志・諸葛亮傳》：「亮躬耕壟畝，好為〈梁父吟〉。」裴松之注引《魏略》，言諸葛亮「每晨夕從容，常抱膝長嘯。」

[5] 隆中：山名，在湖北省襄陽縣西。裴松之《三國志注》注：「亮家於南陽之鄧縣，在襄陽城西二十里，號曰隆中。」

[6] 風雲際會：比喻才士賢臣為時所用。杜甫〈夔府書懷四十韻〉：「社稷經綸地，風雲際會期。」

[7] 三顧：漢末劉備往訪諸葛亮，凡三次，才得見。事見《三國志・諸葛亮傳》。

[8] 經綸：原為整理蠶絲，引申為規劃、治理。

[9] 高臥白雲：比喻隱居而不出任官職。張說〈贈崔公〉：「長歌紫芝秀，高臥白雲浮。」

【集評】

魏潤菴評：筆酣墨健，確切不移。

黃金臺[1]

築台[2]自表好賢心，東劇鄒蘇[3]竞肯臨。

名士固應衒[4]白璧[5]，奇才直欲賈[6]黃金。

鹿遊却悵燕為郡，鳳去猶憐貢失琛[7]。

此日都門探勝跡，先爭玉署[8]又瓊林[9]。

【今注】

[1] 黃金臺：臺名，位今河北省易水縣境內。戰國時燕昭王欲復齊人滅國的仇恨，要招納賢士，於是以郭隗為師，為之築臺，布金於上，以招致四方豪傑，稱為「黃金臺」。後亦用以指招攬賢良的地方。

[2] 築臺：相傳戰國燕昭王興築高臺，置千金于臺上，延請天下賢士。鮑照〈代放歌行〉：「豈伊白璧賜，將起黃金臺。」

[3] 鄒蘇：鄒衍與蘇秦，喻有才能的賢士。

[4] 衒：誇耀。

[5] 白璧：白色的璧玉，古人視為貴重的寶物，此喻士人品德清白。

[6] 賈：買賣。

[7] 貢失琛：失卻貢品中的珍寶。

[8] 玉署：玉堂，指翰林院。歐陽修〈久在病告近方赴直偶成拙詩〉之一：「經時移病久端居，玉署新秋獨直廬。」

[9] 瓊林：舊時天子宴請新科進士的地方。王建〈宮詞〉：「殿前明日中和節，連夜瓊林散舞衣。」

【集評】

張純甫評：詞旨和平，風懷蘊藉。

呂鷹揚評：第五句確切是善於感概者。

黃金臺

百鎰[1]曾聞賢不受，禮賢臺閣漫黃金。

凌空自式君人度，乘霸偏嗣策士[2]音。

一柱卻徇[3]愧如意，千鈞[4]莫遂蜀臣心。

昭王[5]儻有憐才美，寶氣[6]熊熊[7]直到今。

【今注】

1 百鎰：「鎰」是古代的重量單位，大約等於二十兩或二十四兩。百鎰之金形容
   非常貴重。
2 策士：有計謀的人。
3 徇：謀求。
4 千鈞：「鈞」是古時秤量的單位，一鈞等於三十斤。千鈞形容非常重。左思
   〈詠史〉之六：「賤者雖自賤，重之若千鈞。」
5 昭王：指燕昭王。
6 寶氣：珍物、財寶等所顯現的光氣。
7 熊熊：火光旺盛的樣子。

【集評】

張純甫評：日暮寫題，深微婉約。

黃金臺

隋珠趙璧[1]寧為寶，省識[2]賢才即國琛。

鑄像宮前知敬式，貯嬌屋裏[3]戒荒淫。

通天忍費中人[4]費，括地思鎔國士[5]心。

躍冶憑誰來鼓劍[6]，慶卿生死賤黃金。

【今注】

[1] 隋珠趙璧：隋侯之珠與和氏之璧，此泛指珍寶。

[2] 省識：認識。陸游〈夙興出謁〉：「逢人省識疏，亦知歸去好。」

[3] 貯嬌屋裏：即金屋藏嬌，漢武帝幼年欲建華麗的宮殿給表姐陳阿嬌居住，後引申為營建華屋給所愛的女子居住。事見班固《漢武故事》。

[4] 中人：中等資質的人。《論語‧雍也》：「中人以上，可以語上也；中人以下，不可以語上也」

[5] 國士：全國所推崇景仰的人。司馬遷〈報任少卿書〉：「其素所畜積也，僕以為有國士之風。」

[6] 鼓劍：揮劍。劉基〈次韻和石末公月蝕見寄〉：「誰能鼓劍披氛祲，莫遣東郊馬歕沙。」

【集評】

張純甫評：曰知敬式文句也，中人產鑿。

大正6年（1917）

管仲

猜怨[1]當年釋射鉤[2]，天教佐霸長諸侯。

女閭[3]至竟遺千室，軍國居然啟啟洲。

一代冠裳匡左袵[4]，百王禮樂付東流。

後人悄祝追功烈，泰嶽[5]峰前認故邱[6]。

【今注】

[1] 猜怨：猜忌怨恨。

[2] 射鉤：指管仲射齊桓公事。春秋時齊襄公昏亂，其弟糾奔魯，以管仲、召忽為師；小白奔莒，以鮑叔為師。襄公死，糾與小白爭歸齊國為君。管仲將兵遮莒道阻小白，射中其衣帶鉤。小白佯死，得先入為君，是為桓公。桓公即位後不記舊仇，任管仲為相，終成霸業。《左傳・僖公二十四年》：「齊桓公置射鉤而使管仲相。」

[3] 女閭：妓院，為管仲所創設。《戰國策・東周策》：「齊桓公宮中七市，女閭七百，國人非之。」

[4] 左袵：衣襟向左，指我國古代某些少數民族的服裝。《論語・憲問》：「微管仲，吾其被髮左袵矣。」

[5] 泰嶽：泰山。

[6] 故邱：家鄉的山丘，亦可指故鄉。

【集評】

鄭養齋評：卓爾不群，句調圓潤

大正13年（1924）

新年言志（集句）[1]

桃紅李白一番新，歲歲三閭占好春。
海外文章龍變化，相期牆覺副天民。

萋萋千里物華新，雷電成章天始春。
如此江山供坐嘯，當年元亮是州民。

半溪山水碧羅新，幾樹幽花本色春。
領略宣南閒況味，吾生已是太平民。

皓然窗戶曉來新，野草閒花各自春。
想像承平光景好，琴樽休負莧天民。

入手功名事事新，玉堂宴罷醉和春。
誰將詞賦陪雕輦，狀取江湖太古民。

【今注】

[1] 集句：集他人詩句所合成的詩，唐代稱集句為「四體」。

昭和2年（1927）

孔方兄[1]

屋仰司[2]農絀[3]度支[4]，如斯事大孰能為，
老兄具有神通[5]力，合[6]向中原[7]救國危。

【今注】

[1] 孔方兄：錢的戲稱。魯褒〈錢神論〉：「親愛如兄，字曰孔方，失之則貧弱，得之則富強。」
[2] 司：掌管。
[3] 絀：短少。
[4] 度支：開支。
[5] 神通：高明的本領。《西遊記》：「問他來歷，他言有神通，會變化，又駕觔斗雲。」
[6] 合：應該。
[7] 中原：中國。杜甫〈詠懷〉二首之二：「虎狼窺中原，焉得所歷住。」

東閣雅集[1]席上敬攀蔗庵督憲[2]瑤韻

識賢願遂把高風[3]，濟濟[4]群賢樂自融。

東閣筵開環水綠，南樓[5]興逐落霞紅。

垂青眼[6]及塊奇士[7]，保赤心[8]原秉至公。

治績封圻[9]應報最，深求民隱[10]本初衷[11]。

【今注】

[1] 東閣雅集：大正15年（1926）11月台灣總督上山滿之進邀請日本漢詩人國分青厓來台訪問，為了表示歡迎，11月28日在東門官邸開漢墨宴，邀集了當時台灣具代表性的台籍與日籍詩人參加，主賓共五十餘人。因在東門官邸，所以稱「東閣」，「雅集」則指這是一場風雅的聚會。

[2] 蔗庵督憲：即當時台灣總督上山滿之進（1869-1938），上山氏，日本山口縣人，號蔗庵，畢業於東京帝國大學英法科，是台灣第十一任總督（1927-1928）。

[3] 高風：高尚的品格與氣節。蘇軾〈孔毅父妻挽詞〉：「高風相賓友，古義仍兄弟。」

[4] 濟濟：形容人多。陸游〈病足晝臥夢中讅諄乃誦尚書也既覺口占絕句〉：「濟濟九官十二牧，我獨不得居其間！」

[5] 南樓：指吟詠歡娛的場所。晉代的庾亮曾與僚屬於秋夜登南樓歌詠，事見《晉書・庾亮傳》。

[6] 青眼：人正視時黑色的眼珠在中間，後以青眼表示喜愛或看重。納蘭性德〈金縷曲・贈梁汾〉：「青眼高歌俱未老，向尊前、拭盡英雄淚。」

[7] 塊奇士：心中積存不平之氣但卻特別之人。

[8] 赤心：誠心。王令〈送仲寶叔赴秦幕〉：「黑膽赤心男子事，大咍長劍丈夫行。」

[9] 封圻：封疆大吏，此指台灣總督。

[10] 民隱：民眾的痛苦。顏延之〈赭白馬賦〉：「振民隱，脩國章。」

[11] 初衷：最初的心願。

東閣雅集分韻得逢字

一花一草亦修容[1]，最愛平泉[2]綠蔭濃。
禮數[3]寬延[4]天下士，風雲[5]何日喜遭逢。

【今注】

[1] 修容：整飭容貌。此指花木修剪得宜，
[2] 平泉：即平泉莊，此借指莊園。平泉莊為唐代李德裕在離洛陽三十公里處所建
　　的莊園，以奇石異木著稱。白居易〈醉遊平泉〉：「一年四度到平泉。」
[3] 禮數：禮節。
[4] 寬延：寬厚的邀請、招攬。
[5] 風雲：風龍雲虎的簡稱，語出《易經・乾卦》：「雲從龍，風從虎，聖人作
　　而萬物睹。」比喻遇合、相從。柳永〈鶴沖天〉：「未遂風雲便，爭不恣狂
　　蕩。」

曝書

六六[1]曬他循舊例[2]，一庭擁對日初高。
名山[3]風雨[4]收藏後，喜歷秦餘[5]劫不遭。

【今注】
[1] 六六：陰曆六月六日為中國曆事上的「三伏天」，在漫長的梅雨季後，立夏開始曬物，此日又被稱為曬書節。富察敦崇《燕京歲時記》：「京師於六月六日抖晾衣服書籍，謂可不生蟲蠹。」
[2] 舊例：慣例，指以往的例子。
[3] 名山：可傳之不朽的藏書之處。秦觀〈陳用之學士挽詞〉：「盡抄遺稿入名山。」
[4] 風雨：喻亂世。
[5] 秦餘：指秦始皇焚書後的殘餘。

曝書

經史羅胸敢自豪[1]，名山着未等身高。
漫嗤[2]腹對方中日，蠹下編生火不遭。

【今注】
[1] 自豪：極其自負、自得。
[2] 嗤：譏笑。

昭和3年（1928）

古松

大夫^{1}受覺愧虛榮^2，托足^{3}蓬山^{4}顧影^{5}清。

自避秦封^{6}來海外，卻因閑散^{7}得長生^8。

【今注】

1 大夫：職官名。歷代沿用，多為中央要職和顧問。此用秦始皇封松之典，事見
   《史記・秦始皇本紀》：「二十八年，始皇東行郡縣，上鄒嶧山。立石，與魯
   諸儒生議，刻石頌秦德，議封禪望祭山川之事。乃遂上泰山，立石，封，祠
   祀。下，風雨暴至，休於樹下，因封其樹為五大夫。」

2 虛榮：不切實際的榮譽，多用以比喻貪戀浮名及富貴。

3 托足：立足。

4 蓬山：即蓬萊山，為神話傳說中的仙山，此指仙境。李商隱〈無題〉：「蓬山
   此去無多路，青鳥殷勤為探看。」

5 顧影：看著自己的形影。李嘉祐〈白鷺〉：「江南淥水多，顧影逗輕波。」

6 秦封：秦始皇的封賞，用大大松之典。

7 閑散：清閒少事。陸游〈出城〉：「老病安閑散。」

8 長生：生命長存。陸游〈秋日遣懷〉：「五雲夜覆鼎，談笑得長生。」

市隱

寒煙萬井臨槐市^1，一樣蘇門^{2}好嘯歌^3。

混俗^{4}誰知人不俗，山中宰相^{5}比如何。

【今注】

1 槐市：漢代長安讀書人聚會、貿易之市，因其地多槐而得名。後借指學宮，學舍。劉禹錫〈秋螢引〉：「槐市諸生夜讀書，北窗分明辨魯魚。」

2 蘇門：山名，今在河南省輝縣西北。晉代孫登曾隱居於此。阮籍嘗訪孫登，孫登不應，阮籍長嘯而退，下山途中，忽聞鸞鳳之音，響徹山谷，即孫登之嘯。事見《晉書‧阮籍傳》。

3 嘯歌：長嘯吟詠。溫庭筠〈寄山中友人〉：「嘯歌成往事，風雨坐涼軒。」

4 混俗：謂混同世俗，不清高超脫。楊于陵〈贈毛仙翁〉：「先生赤松侶，混俗遊人間。」

5 山中宰相：南朝梁陶弘景隱居於句曲山，朝廷禮聘不出，梁武帝遇有國家大事，經常前往諮詢請教，因此時人稱之為「山中宰相」。事見《南史‧陶弘景傳》。

市隱

別開三徑[1]賦槃阿[2]，市裡何妨混跡多。

未許公卿[3]識名姓，暗看人整好山河。

【今注】

1 三徑：漢代蔣詡隱居之後，在屋宅前的竹林闢出三條小徑，只與飲士求仲、羊仲三人往來，後以三徑指隱士隱居之地。陶淵明〈歸去來辭〉：「稚子候門，三徑就荒。」

2 槃阿：遁世隱居之所。洪棄生〈雜懷詩〉之十三：「至人葆其真，嘯傲在槃阿。」

3 公卿：泛指高官。方孝孺〈君子齋記〉：「為君子矣，雖不為公卿，無害也。」

新柑

千家圍築石闌[1]環，名產雄區見一斑[2]。

紅縐黃圓秋滿地，今人不羨洞庭山[3]。

【今注】

[1] 石闌：石欄杆。

[2] 一斑：原指豹子身上的一個斑點，喻事物的一小部分。語出《晉書‧王羲之傳》：「此郎亦管中窺豹，時見一斑。」

[3] 洞庭山：山名，在太湖畔。《吳郡圖經續記》：「洞庭山有美茶，舊入為貢。」

新柑

青嶂[1]千峰水一灣，秋深十畝盡開閒。

此間柑產名天下，朝山雞籠[1]暮馬關[2]。

【今注】

[1] 青嶂：形狀如綠色屏風的山。

[2] 雞籠：地名，為基隆的古名，在日治時期是臺灣與日本之間的轉運點。

[3] 馬關：地名，為日本下關的古名。

新柑

東來竹郡¹扼雄關²，好水縈³洄又好山。

到處人家柑萬樹，桃花不數武陵灣。

【今注】

¹ 竹郡：日治時期新竹州管轄一市八郡，其中竹郡包含關西、新埔、竹北、湖
口、新豐等地。

² 雄關：險要的關口。

³ 縈：圍繞。

昭和4年（1929）

墨菊

秋容[1]淡淡九秋[2]煙，脫俗誰玷一指禪[3]。

知遇挈[4]從松使者[5]，莫教籬下寄年年。

【今注】

[1] 秋容：秋色。李賀〈追和何謝銅雀妓〉：「佳人一壺酒，秋色滿千里。」

[2] 九秋：深秋。李賀〈感諷〉：「九秋無衰草，調歌送風轉。」

[3] 一指禪：俱胝禪師遇信徒請示：「如何是道？如何是佛？怎麼樣入佛？」無論甚麼問題，他只豎起一個手指來回答。事見《景德傳燈錄》。

[4] 挈：帶領。

[5] 松使者：墨是用松樹的墨煙燻成的，故稱「松使者」。

墨菊

誰向西窗閒潑墨，寫它傲骨[1]裊[2]蒼煙。

莫教設色[3]迷蝴蝶，質本幽人品似仙。

【今注】

[1] 傲骨：高傲不屈的性格。

[2] 裊：搖動。

[3] 設色：用顏料渲染，形成各種美麗的色彩。

墨菊

陶家[1]風景總天然，冷蕊疏枝[2]尺素宣。
知白卻休嗤守墨，千秋阿堵[3]此傳神。

【今注】

[1] 陶家：陶淵明家。陶淵明以愛菊著稱，曾在九月九日，在菊花叢旁，摘菊盈
把，坐其側。事見檀道鸞《續晉陽秋》。

[2] 冷蕊疏枝：「冷蕊」原為寒天之花，此指菊花，「疏枝」指菊花枝葉稀疏。杜
甫〈舍弟觀赴藍田取妻子，到江陵喜寄〉之二：「巡檐索共梅花笑，冷蕊疏枝
半不禁。」

[3] 阿堵：指繪畫生動傳神，原為六朝及唐人常用的指稱詞，相當於這、這個，顧
愷之善畫人像，有時畫好的人形間隔數年還不點上眼睛。因為他認為人物的神
情意態，就在這對眼睛上。事見劉義慶《世說新語‧巧藝》。

蚌珠

是何靈秘稱奇孕，一顆驪珠[1]琥珀[2]般。
尚憶昆明池[3]畔月，夜深光射碧雲灣[5]。

【今注】

[1] 驪珠：喻極珍貴的寶物。古代傳說驪龍頷下有寶珠，欲取驪珠，須潛入深淵
中，待驪龍睡時，才能竊得。李紳〈趨翰苑遭誣搆四十六韻〉：「龍頷借驪
珠。」

[2] 琥珀：古代松柏等樹脂的化石，為淡黃色、褐色或赤褐色的半透明固體，光澤
美麗，多作飾品。

³ 昆明池：水池名，位於陝西省長安西南，漢武帝時所鑿，今已乾涸。杜甫〈秋興〉之七：「昆明池水漢時功，武帝旌旗在眼中。」

蚌珠

水族¹珍奇見一斑²，夜深光吐碧雲灣。

入懷孕育³誰相似，笑為姬人⁴一解顏⁵。

【今注】

¹ 水族：生活於水中動物之泛稱。蘇轍〈明日復賦〉：「遊人不勝喜，水族知當樂。」

² 一斑：指事物的一部分。

³ 孕育：懷胎而生育。

⁴ 姬人：美人。

⁵ 解顏：開口而笑。鮑照〈代東門行〉：「絲竹徒滿坐，憂人不解顏。」

蚌珠

豪光¹四射水中山，川媚端由汝出關。

好照鮫宮²幽與怪，莫教錯落在人間。

【今注】

¹ 豪光：強烈的光芒。

² 鮫宮：水中人魚的宮殿。土易簡〈摸魚兒‧紫雲山房擬賦蕁〉：「怪鮫宮、水晶簾卷，冰痕初斷香縷。」

蚌珠

藍田種得玉雙環[1]，異寶由來重九寰[2]。

一顆有人求不得，卻輸汝孕碧波間。

【今注】

[1] 藍田種得玉雙環：原指女子受孕，珠胎暗結，此喻蚌孕雙珍珠。

[2] 九寰：九州大地。

蚌珠

異胎靈孕豈冥頑，燦爛[1]光騰綠水灣。

等是龍頭推屬老[2]，不同泛泛[3]海中蚌。

【今注】

[1] 燦爛：形容光彩美麗。

[2] 龍頭推屬老：指還是年齡大者與老練者，才有辦法居龍頭之位。

[3] 泛泛：尋常的。

蚌珠

遮莫漁人笑老頑，游精聚氣弄潺湲[1]。

放光勸汝須珍重，莫被蛇啣[2]過碧灣。

【今注】

1 潺湲：水流動緩慢的樣子。王維〈輞川閒居贈裴秀才迪〉：「寒山轉蒼翠，秋水日潺湲。」

2 啣：用嘴含咬。陸游〈一百五日行〉：「老鴉飛鳴啣肉去。」

昭和5年（1930）

蛇

大荒^{1}昂首^{2}弄雲烟，氣禁蜈蚣^{3}豈偶然^4。

蠢爾^{5}何知分內外，自家爭鬥國門^{6}前。

【今注】

1　大荒：極遠之處。《山海經・大荒西經》：「西北海之外，大荒之隅。」

2　昂首：抬頭。

3　氣禁蜈蚣：指蜈蚣可以制蛇。事見葛洪《抱朴子・登涉篇》：「南人入山，皆以竹管盛活蜈蚣，蜈蚣知有蛇之地，便動作於管中，如此則詳視草中，必見蛇也。蜈蚣見之，而能以氣禁之，蛇即死。」

4　偶然：碰巧，不期然而然。

5　爾：第二人稱代名詞，相當於「汝」、「你」。

6　國門：泛指國境之內。1930年中國爆發史稱「中原大戰」的內戰，這是北伐統一後最大的內戰，戰事蔓延河南、河北、山東、湖南、湖北，各方投入兵力超過一百三十萬，官兵傷亡至少在三十萬以上。

過劍潭^{1}感作三首錄一

盤帶^{2}山河異昔時^3，劍光夜夜有餘悲。

空潭莫問當年事，蛺蝶^{4}花開帝子^{5}祠。

1 劍潭：湖泊名，位於臺北市圓山。傳說潭底有荷蘭人的古劍，所以被稱為「劍潭」。
2 盤帶：纏繞如帶的。
3 昔時：往日。
4 蛺蝶：蝴蝶。杜甫〈曲江〉二首之二：「穿花蛺蝶深深見，點水蜻蜓款款飛。」
5 帝子：指堯之二女，娥皇、女英。劉長卿〈送馬秀才落第歸江南〉：「湘竹舊斑思帝子，江蘺初綠怨騷人。」

秋桃

碧玉峯前風淡淡[1]，石欄杆畔月融融[2]。

偷其實者憑三食[3]，便是千秋不老翁。

【今注】

1 淡淡：平和的樣子。
2 融融：和暖的樣子。
3 三食：指三餐，《論語鄭氏注》：「一日之中三食，朝、夕、日中時。」

哭黃式垣[1]

黃子殊不俗，抱璞守貞[2]固。清絕廣文氈，時榮非所慕。
雅愛耽幽人，晨夕剖心素。來去白雲村，猿鶴緬高趣。
約我茶山遊，邇邇二月暮。杖分紫棟花，未見撥雲霧。
詎知[3]彈指頃，瘞玉棺已厝[4]。郵丁[5]遲短驛，葬後空聞訃[6]。

愍[7]焉我心傷，瀟瀟梅雨注。感此嗟嘆之，人生果朝露。

蘭桂榮崇階，麟鳳渺高路。此別竟無期，墓門悵雲樹。

【今注】

[1] 黃式垣：人名，桃園人，為作者的詩友，有漢詩〈魚苗〉刊於大正12年7月7日《臺南新報》，此詩為作者得知好友死訊後所作。

[2] 抱璞守貞：堅守志節。

[3] 詎知：豈知。

[4] 厝：停放靈柩待葬。

[5] 郵丁：送郵件的人。

[6] 訃：報喪的文字。

[7] 愍：憂思。

虞美人[1]

美人回首霸圖[2]非，解脫[3]塵緣[4]悟化機[5]。

斷送王風花自落，長江蘭芷[6]北山薇[7]。

【今注】

[1] 虞美人：即虞姬，是項羽最寵愛的姬妾，傳說虞姬死後化為虞美人花。孫念謀〈虞美人花〉：「垓下已捐身，花枝血濺新，芳魂化幽草，羞做漢宮春。」本詩雖以虞美人為題，但實雙寫花與人。

[2] 霸圖：霸者的事功。

[3] 解脫：解除。

[4] 塵緣：世俗的情緣。

[5] 化機：造化命運轉變的緣由。

[6] 蘭芷：香草之屬，《楚辭・離騷》：「蘭芷變而不芳兮。」

[7] 北山薇：伯夷、叔齊隱於首陽山，采薇而食之。事見《史記・伯夷列傳》。

虞美人

〈卷阿〉[1]我有榛苓[2]慕，一闋虞兮[3]譜落暉[4]。

想見好花秦地發，大王風[5]裏鬥芳菲[2]。

【今注】

[1] 卷阿：《詩經・大雅》的篇章。《毛詩正義》：「自此以下至〈卷阿〉十八篇，是文王、武王、成王、周公之正大雅，據盛隆之時而推序天命，上述祖考之美，皆國之大事，故為正大雅焉！」可知〈卷阿〉寫的是隆盛之時，此喻項羽盛時。

[2] 榛苓：《詩經・簡兮》：「山有榛，隰有苓。」原指山有榛木，隰有苓草，君臣各得其所，亦可借喻男女，榛木為男，苓草為女。

[3] 一闋虞兮：項羽〈垓下歌〉：「虞兮虞兮奈若何！」

[4] 落暉：落日餘暉，亦可喻項羽末途。

[5] 大王風：此指專屬於王者的風。事見宋玉〈風賦〉：「楚襄王游於蘭臺之宮，宋玉景差侍。有風颯然而至，王乃披襟而當之曰：『快哉此風！寡人所與庶人共者邪？』宋玉對曰：『此獨大王之風耳，庶人安得而共之？』」

[6] 芳菲：花的芳香。

菜根

山莧[1]初收又水葵[2]，凝霜不待野人[3]貽[4]。

煮來恰好燒紅葉，養就偏勞灌綠漪[5]。

千里蓴純[6]思遠客，三秋蘆菔[7]喜生兒。

劇憐腦滿腸肥[8]者，雋味[9]何由使汝知。

【今注】

[1] 山莧：山中的莧菜。

[2] 水葵：水中的蒲葵。

[3] 野人：居處村野的平民。陸游〈登江樓〉：「野人不解微官縛，尊酒應來此散愁。」

[4] 貽：贈送。柳宗元〈茅簷下始栽竹〉：「貞根期永固，貽爾寒泉滋。」

[5] 綠漪：水面的波紋。

[6] 菰蒓：江南地區稱菌類植物為「菰」，同「菇」。「蒓」則指吳中的一種菜蔬，嫩葉可烹之作羹。

[7] 蘆菔：蘿蔔。蘇軾〈擷菜〉：「秋來霜露滿東園，蘆菔生兒芥有孫。」

[8] 腦滿腸肥：形容飽食終日，無所用心，有壯盛的外表，而無實學。納蘭性德〈念奴嬌〉：「便是腦滿腸肥，尚難消受、此荒煙落照。」

[9] 雋味：美好的味道。

昭和6年（1931）

題劉季斬蛇圖[1]

蕉窓[2]潑墨[3]膽氣[4]麤，淋漓[5]揮灑龍蛇圖。

人是真龍蛇鬼蜮，劍光[6]閃作雷霆[7]驅。

信有英雄出草澤[8]，豈容魑類[9]長盤紆。

爾乃縱橫肆荼毒[10]，掉舌威自揚天吳。

伏莽含沙無處無，噬我同胞無完膚。

況復冥頑[11]梗當途，殺之豈足償其辜。

快劍落處風雨俱，鮮鱗迸處腥血塗。

憑誰滌盪[12]神明區，先除蛇蝎俊狼狐。

噫嘻[13]提劍之人，胡為乎來乎。

凜凜[14]英風漢天子，後來祖述劉寄奴[15]。

漢族當興天意在，西方鬼哭月輪孤。

【今注】

1 劉季斬蛇：劉季，人名，即劉邦（256BC-195BC），字季，沛縣豐邑人，漢代開國之君。劉邦在起事前，曾夜行澤中，遇大蛇當道，拔劍斬之，後以斬蛇指有帝王之運的徵兆。

2 蕉窓：窗前種有芭蕉。

3 潑墨：用筆蘸水著墨在畫紙上，大片灑潑，將所描繪的物體形象表現於畫紙。

4 膽氣：膽量氣魄。黃庭堅〈和邢惇夫秋懷十首〉之九：「固窮有膽氣。」

5 淋漓：形容氣勢充盛酣暢。

6 劍光：寶劍所發出的光芒。李賀〈秦王飲酒〉：「劍光照空天自碧。」

7 雷霆：疾雷。

8 草澤：指鄉野民間。王禹偁〈對雪感懷呈翟使君馮中允同年〉：「自慚生草澤，人指在蓬丘。」

9 虺類：毒蛇之類。

10 荼毒：苦菜與螫蟲。比喻苦痛、毒害。秦觀〈自作挽詞〉：「荼毒復荼毒，彼蒼那得知。」

11 冥頑：昏愚固陋。蘇軾〈子由自南都來陳三日而別〉：「冥頑雖難化，鐫發亦已周。」

12 滌盪：洗滌。

13 噫嘻：悲嘆聲。

14 凜凜：態度嚴肅，令人敬畏的樣子。

15 劉寄奴：人名，即宋武帝劉裕（363-422），字寄奴。此用劉寄奴射蛇事，事見《南史・宋本紀》：「伐荻新州，見大蛇數丈，射之，傷。明日復至洲，裏聞杵臼聲，往覘之，見童子數人皆青衣，於榛中搗藥。問其故？答曰：「我王為劉寄奴所射，合散傅之。」裕曰：「王神何不殺之？」曰：「寄奴王者不死，不可殺也。」帝叱之，皆散。

遠山

雲峰¹遠隔幾重溪，獨倚高樓望欲迷。

彷髴趙家眉樣好，黛痕²淡掃夕陽西。

【今注】

1 雲峰：高聳入雲的山峰。王維〈過香積寺〉：「不知香積寺，數里入雲峰。」

2 黛痕：古代女子以青黑色的顏料畫眉，此指山形如女子黛眉。陸游〈雨後快晴步至湖塘〉：「山掃黛痕如尚溼，湖開鏡面似新磨。」

遠山

登峰造極[1]知誰是，淡與雲平望欲迷。

遠大盤空千里外，豈容勘視[2]辨高低。

【今注】

[1] 登峰造極：登上山峰到達絕頂。

[2] 勘視：勘的俗字為尠，「勘視」指小看。

菜根

小園補槿護霜籬，菘[1]韭[2]連畦雜綠葵[3]。

卻愧無謀空食肉，偏教有味佐茹[4]芝[5]。

蔓菁[6]種好傳丞相[7]，薇蕨[8]甘還饜[9]里兒。

漫笑齏鹽[10]貧至是，區區心事少人知。

【今注】

[1] 菘：就是俗稱的白菜。陸游〈蔬圃絕句〉：「晚菘早韭恰當時。」

[2] 韭：植物名，即俗稱的韭菜，葉細長而扁，叢生。花葉可食用，味辛辣，種子可入藥。蘇軾〈同王適曹煥遊清居院步還所居〉：「飲食厭菘韭。」

[3] 綠葵：植物名，即蒲葵，其葉可作蒲扇或編成草帽，苞毛可以作繩子或刷子，嫩芽可食。陸游〈鄰曲有未飯被 追入郭者憫然有作〉：「春得香羶摘綠葵。」

[4] 茹：蔬菜的總稱。枚乘〈七發〉：「秋黃之蘇，白露之茹。」

[5] 芝：植物名，是一種寄生於枯樹木根的真菌。楊萬里〈竹魚〉：「餐玉茹芝當卻粒。」

⁶ 蔓菁：植物名，即俗稱的大頭菜，張岱《夜航船》：「蜀人呼之為諸葛菜。」可知其又被稱為諸葛菜。

⁷ 丞相：指諸葛亮。傳說諸葛亮在出兵時，為了解決糧食問題，向百姓詢問了野菜蔓菁的種植方法，並命士兵開始種，補充軍糧，故稱「諸葛菜」。事見韋絢《劉賓客嘉話錄》。

⁸ 薇蕨：薇與蕨，是貧寒人家常採食的野菜。劉琨〈扶風歌〉：「資糧既乏盡，薇蕨安可食。」

⁹ 魘：滿足。

¹⁰ 齏鹽：指吃飯只配鹹菜和鹽。朱松〈招友生詩〉：「讀書有味齏鹽好，對境無情夢寐清。」

獵犬

板橋¹門下有青藤²，靈馴³人間見未曾。
牽向士林⁴來較獵⁵，便驅狐兔逐秋鷹。

【今注】

¹ 板橋：人名，指鄭燮（1693-1765），字克柔，號板橋，江蘇興化人，清代著名的詩人與書畫家。

² 青藤：人名，指徐渭（1521-1593），字文長，又號青藤道人，浙江山陰人，明代重要的文學家。相傳鄭板橋極愛徐青藤詩，曾刻有一章云「徐青藤門下走狗鄭燮」，首句用此典，著「走狗」二字，反諷意味強烈。事見袁枚《隨園詩話》。

³ 靈馴：機靈順服。

⁴ 士林：泛指學界。蘇舜欽〈送黃莘還家〉：「黃生士林華。」

⁵ 較獵：同「校獵」，圍捕獵物。竇鞏〈贈阿史那都尉〉：「較獵燕山經幾春。」

獵犬

矯捷[1]猶如獅子舞，穿雲出壑[2]善攀登。

祇今狐兔橫行[3]日，搗穴還須藉汝能。

【今注】

[1] 矯捷：靈巧快捷的樣子。

[2] 壑：山谷。

[3] 橫行：橫著走路，比喻行為蠻橫，不講道理。蘇軾〈故李誠之待制六丈挽
詞〉：「願斬橫行將，請烹乾沒兒。」

獵犬

功狗功人判未能，弓藏高廟[1]感難勝。

應憐鹿逐中原[2]後，羹獻[3]虧他俎[4]上登。

【今注】

[1] 弓藏高廟：將弓藏於太廟中，高啟〈弔岳王墳〉：「每憶上方誰請劍，空嗟高
廟自藏弓。」

[2] 鹿逐中原：比喻爭奪天下。

[3] 羹獻：以犬作為祭祀的獻禮，《禮記・曲禮》：「犬曰：『羹獻』。」

[4] 俎：古代祭祀時盛放祭品的器物。

雨絲

淡浥[1]紗窗外，蕭疎滿鳳城[2]。

春王[3]方布澤，神女[4]若為情。

細覺穿雲密，棼[5]偏帶雲輕。

經綸[6]資化大，潤物[7]欲無聲

【今注】

[1] 浥：潤濕的意思。

[2] 鳳城：帝王所在的都城。劉禹錫〈曲江春望〉：「鳳城煙雨歇，萬象含佳氣。」

[3] 春王：代指正月，此為《春秋》體例。

[4] 神女：女神。張耒〈和應之細雨〉：「晚霽復何有，飄飄神女雲。」

[5] 棼：使紊亂。

[6] 經綸：規劃、治理。陸游〈雨夜書感〉：「慷慨詎非奇，經綸恨才短。」

[7] 潤物：滋潤萬物。杜甫〈春夜喜雨〉：「隨風潛入夜，潤物細無聲。」

昭和7年（1932）

廉吏

貪夫[1]却以官為餌[2]，黷貨[3]由來總可傷。
誰似冰清[4]和玉潔[5]，一文[6]從不入私囊[7]。

【今注】
[1] 貪夫：貪心的人。范成大〈邵陽口路嶇惡，積雨餘潦難行〉：「貪夫一回顧，壯士三嘆息。」
[2] 餌：引誘人或動物的工具。
[3] 黷貨：斂財。柳宗元〈封建論〉：「列侯驕盈，黷貨事戎。」
[4] 冰清：比喻心性如冰之清明透澈。
[5] 玉潔：比喻心性如玉之純淨剔透。
[6] 一文：舊時稱錢一枚為「一文」。黃庭堅〈貴耳賤目謎〉：「眈眈兩虎視，不值一文錢。」
[7] 私囊：個人的錢袋。

廉吏

為民表白[1]肅[2]官方[3]，不受懷金[4]豈獨楊。
寧付窮時風節[4]見，一琴一鶴[5]厭歸裝。

【今注】
[1] 表白：對人說明自己的意見。
[2] 肅：整飭。

²　官方：公家方面。

³　懷金：懷裡拿著金印，比喻顯赫的官位。

⁴　風節：風骨節操。

⁵　一琴一鶴：比喻官吏的清廉。宋代趙抃入蜀為官，僅帶一張琴，一隻鶴，且因
　　自奉儉廉，禁吏為奸，讓蜀地吏風為之一變。事見司馬光《資治通鑑》。

報午機¹

汽笛²高鳴氣象臺，桐圭³影正野雲開。

寸陰⁴是惜驚聞後，又度浮生⁵半日來。

【今注】

¹　報午機：日治時期取代午砲報時的電氣報時機，多裝設於高臺，以電氣使之吹
　　鳴，鳴終之時，則為正午。

²　汽笛：靠蒸氣的作用產生聲音的哨笛。

³　桐圭：桐木製的測日影器具。

⁴　寸陰：比喻極短的時間。

⁵　浮生：人生。李白〈春夜宴從弟桃李園序〉：「而浮生若夢，為歡幾何？」

踏青鞋

幾宵繡就費工夫，上塚何須侍女扶。

十里風清南郭¹路，笑看雙鳳蹴²平蕪³。

【今注】

¹　南郭：城郭南邊的外邑。

2 蹴：踩踏。
3 平蕪：指雜草繁茂的平原。歐陽修〈踏莎行〉：「平蕪盡處是春山，行人更在春山外。」

踏青鞋

吉莫聲雄詆老奴[1]，不教綉鳳受泥汙。

明朝上塚輕移玉，姊妹行中艷影[2]孤。

【今注】

1 老奴：老僕人。
2 艷影：美麗的身影。

祈晴

燮理陰陽[1]者，應知稼穡難[2]。莫教天欲漏，須放月初團。

濕重花尤恨，風清鳥自歡。綠章[3]今乞霽[4]，叩問紫雲[5]端。

【今注】

1 燮理陰陽：指調和治理國家大事。
2 稼穡難：指農事勞動十分不易。
3 綠章：又稱青辭、清詞，是道教齋醮時敬獻天神的奏告文書。
4 霽：晴朗。
5 紫雲：仙界的雲。范成大〈浮丘亭〉：「巖扉無鎖晝長開，紫雲明滅多樓臺。」

黃金臺[1]

迤臨碣石[2]凌雲起，寶氣光騰席上珍。

銅雀[3]應怜寵姬媵[4]，石麟[5]偏仿待功臣。

時髦或可金為餌，志士原如玉守身。

似此禮賢傳盛事，至今冠蓋[6]滿京津[7]。

【今注】

[1] 黃金臺：樓臺名，位今河北省易水縣境內。戰國時燕昭王欲復齊人滅國的仇恨，要招納賢士，於是以郭隗為師，為之築臺，布金於上，以招致四方豪傑，稱為「黃金臺」。後亦用以指招攬賢良的地方。

[2] 碣石：圓頂的石碑。

[3] 銅雀：臺名，東漢獻帝建安十五年冬，曹操在鄴都建一高臺。樓頂置大銅雀，展翅若飛。曹操遺令，要他的姬妾在他死後，仍然留居銅雀臺上，繼續吹笙作樂。陳恭尹〈鄴中〉：「銅臺未散吹笙伎，石馬先傳出水文。」

[4] 姬媵：侍妾。

[5] 石麟：指陳琳墓道上的石製麒麟。溫庭筠〈過陳琳墓〉：「石麟埋沒藏春草。銅雀荒涼對暮雲。」

[6] 冠蓋：原指官吏的官帽服飾和車乘的頂蓋，後指稱達官貴人。杜甫〈夢李白〉之二：「冠蓋滿京華，斯人獨憔悴。」

[7] 京津：京城。

昭和8年（1933）

和少菴¹四十初度書懷

幽懷²若揭感懷篇，銜玉³何如抱瓦全。

無聞我慚度長日，有為君喜正華年⁴。

伯休⁵隱市名仍著，長吉⁶能詩學況傳。

心鏡⁷愈清身愈健，深期衛道⁸主中堅。

【今注】

1. 少菴：人名，字少菴，名友泉，江蘇鷺江人，隨父度臺，定居稻江，開設李保生藥行，為瀛社社員。此詩應是和李友泉〈四十書懷〉詩所作。

2. 幽懷：隱藏在內心的情感。

3. 銜玉：自誇美好。

4. 華年：如花盛開的年紀。指少年。李商隱〈錦瑟〉：「錦瑟無端五十絃，一絃一柱思華年。」

5. 伯休：人名，名康，字伯休，東漢京兆人。韓康常在名山採藥，而賣於長安街市，口不二價，長達三十餘年。當時有一個女子向韓康買藥，康守價不移，女子怒罵：「公是韓伯休耶？乃不二價乎？」韓康歎氣：「我本欲避名，今小女子皆知有我焉，何用藥為？」於是隱居山中。事見《後漢書‧韓康傳》。

6. 長吉：人名，名賀，字長吉，唐昌谷人。其詩鍛字琢句，獨樹一格，被稱為「長吉體」。傳說中李賀詩嘗被表兄毀棄，但仍能流傳後世。此句應用此意。

7. 心鏡：如明鏡般清淨光明，可以攬照萬象的心。

8. 衛道：維護道統。

昭和9年（1934）

秋望

薄暮[1]憑欄望，秋光冷画屏[2]。遙峰悲落木，遷客[3]感浮萍。

日淡雲中寺，風清柳外亭。山嵐[4]連海氣[5]，併作一天青。

【今注】

[1] 薄暮：傍晚，太陽將落的時候。范成大〈道中〉：「君看枝上雀，薄暮亦還家。」

[2] 画屏：以畫裝飾的屏風。杜牧〈七夕〉：「銀燭秋光冷畫屏。」

[3] 遷客：流徙他鄉的人。蘇轍〈題三游洞石壁〉：「昔年有遷客，攜手醉嵌巖。」

[4] 山嵐：山中的霧氣。劉蒼〈望未央宮〉：「山嵐川色晚蒼蒼。」

[5] 海氣：海面上的霧氣。張喬〈送友人及第歸江南〉：「帆通海氣清。」

蘆衣[1]

如雪蘆花被體光，吳棉[2]偏假鬥繁霜[3]。

童身莫作尋常[4]看，此是千秋孝子[5]章[6]。

【今注】

[1] 蘆衣：用蘆花代棉絮的冬衣，專指閔子騫單衣順母之事。師覺授《孝子傳》：「閔子騫，幼時為後母所苦，冬月以蘆花衣之以代絮。其父後知之，欲出後母。子騫跪曰：『母在一子單，母去三子寒。』父遂止。」

2　吳棉：吳地所產的棉絮。

3　繁霜：濃霜。

4　尋常：平常、普通。

5　千秋：長久的時間。

6　章：條例。

蘆衣

吳棉難禦一天霜，況且衣蘆鬥雪狂。

如此苦寒[1]偏着得，是真孝道邁[2]尋常。

【今注】

1　苦寒：酷寒、嚴寒。

2　邁：超過。

秋柳

幾株門外望蕭條[1]，無復垂青艷六朝[2]。

婀娜[3]當時猶薄態[4]，飄零[5]此日尚輕佻[6]。

三更驛路[7]烏悽切，十里郵亭[8]客寂寥。

莫向灞陵[9]橋上過，怕吟歐賦[10]暗魂銷。

【今注】

1　蕭條：寂寥冷清的樣子。陸游〈夢藤驛〉：「蕭條秋浦路，荒陋夜郎村。」

2　六朝：三國吳、東晉和南北朝的宋、齊、梁、陳，相繼建都於建康（今南京），史稱「六朝」。

³ 婀娜：輕盈柔美的樣子。

⁴ 薄態：單薄的姿態。

⁵ 飄零：凋謝脫落。

⁶ 輕佻：舉止不穩重。

⁷ 驛路：驛道。

⁸ 郵亭：古代傳遞信件的人沿途休息的地方。

⁹ 灞陵：地名，在今陝西省西安市東，有灞陵橋，漢唐時代，長安人送客，多在此地折柳贈別。李白〈憶秦娥〉：「年年柳色，灞陵傷別。」

¹⁰ 歐賦：指歐陽修的〈秋聲賦〉。

斷雁¹

秋心遙逐塞雲²孤，萬里³天南事遠圖⁴，

莫漫淒迷⁵嗤⁶落伍⁷，高飛卻與一群殊⁸。

【今注】

¹ 斷雁：指失群的大雁。

² 塞雲：邊地的雲。杜甫〈秦州雜詩〉二十首之十八：「塞雲多斷續，邊日少光輝。」

³ 萬里：形容極遠。范成大〈鞭春微雨〉：「一年新樂事，萬里未歸人。」

⁴ 遠圖：設想深遠。張耒〈秋懷〉十首之一：「濟時無遠圖，謀食阻高謝。」

⁵ 淒迷：景物淒涼迷濛。

⁶ 嗤：譏笑。

⁷ 落伍：行動緩慢，跟不上隊伍。

⁸ 殊：不同。

寒鴉

古戍¹荒原²夕照西，秋陰噪斷暮雲低，

聞聲莫漫³占兒吉，知是飢啼是凍啼。

【今注】

1 古戍：古代軍隊駐守過的遺跡。王維〈送李太守赴上洛〉：「野花開古戍，行客響空林。」
2 荒原：荒涼的原野。晁補之〈吳松道中〉二首之一：「停舟傍河潯，四顧盡荒原。」
3 漫：隨便、胡亂。

春水

沄沄¹分得漢江²春，十里長堤不染塵，

莫是秦淮桃葉渡³，綠波愁殺別離人。

【今注】

1 沄沄：指水流轉的樣子。王逸〈九思〉：「窺見兮溪澗，流水兮沄沄。」
2 漢江：水名，長江最長的支流。
3 桃葉渡：地名。在南京秦淮、青溪兩水合流處，因晉朝王獻之送其愛妾桃葉於此，作〈桃葉歌〉三首，因而得名。

遠山雪

瓊瑤[1]錯落掛林端，百里荒村[2]溢暮寒，

知否碧松岩下屋，又誰擁被臥袁安[3]。

【今注】

[1] 瓊瑤：原指美麗的玉石，此處用來比喻雪。

[2] 荒村：指人煙稀少的村落。倪瓚〈六月五日偶成〉：「荒村盡日無車馬，時有
殘雲伴鶴歸。」

[3] 袁安：人名，字邵公，東漢汝南郡汝陽縣人，此處用袁安臥雪的典故，見《後
漢書・袁安傳》，大雪積地丈餘，他人皆除雪出外乞食，只有袁安閉門僵臥，
不願出外求人。後用來比喻寒士不願乞求於人的氣節。

息嬀[1]

夫人孰[2]為署[3]桃花，想見春穠[4]度歲華[5]，

一樣無言偏結子，荒祠冷抱夕陽斜。

【今注】

[1] 息嬀：即息夫人，春秋時息君夫人，姓嬀。楚文王滅息國，將她納入後宮，生
堵敖及成王，息夫人因國亡夫死的痛楚，終生不和楚文王說話，事見劉向《列
女傳》。王維〈息夫人〉：「莫以今時寵，能忘舊日恩。看花滿眼淚，不共楚
王言。」

[2] 孰：為何。

[3] 署：題寫。

[4] 穠：艷麗。陸游〈思歸〉：「花穠錦城酒，月白瞿唐笛。」

[5] 歲華：年華。

精衛填海[1]

莫漫冥頑[2]笑羽蟲[3]，含冤[4]不事血啼紅。

微軀[5]獨運回天力，且看桑栽碧海中。

【今注】

[1] 精衛填海：傳說黃帝幼女溺死東海，化為精衛鳥，銜木石以填東海。事見《山海經・北山經》。

[2] 冥頑：昏愚固陋。蘇舜欽〈送黃通〉：「顧我冥頑如瓦石，為君分袂亦悲吟。」

[3] 羽蟲：泛稱鳥類。

[4] 含冤：蒙受冤屈。

[5] 微軀：微賤的身軀。

秋草

芊綿[1]不斷黃雲隴，生意蕭疏[2]遠映窓[3]。

我有美人遲暮[4]感，相思秋江采蘭茳[5]。

【今注】

[1] 芊綿：草木繁衍、茂盛的樣子。杜牧〈經華清宮〉：「草色芊綿侵御路，泉聲嗚咽繞宮牆。」

[2] 蕭疏：冷落稀疏。韋應物〈再遊西山〉：「於時忽命駕，秋野正蕭疏。」

[3] 窓：「窗」的古字。

[4] 遲暮：年老、晚年。陸游〈遲暮〉：「遲暮固多感，況此歲崢嶸。」

[5] 蘭茳：兩種香草名。鄭文焯〈壽樓春〉：「誰念蘭茳捐佩，鏡花空春。」

楊妃病齒[1]

減來玉食[2]咽珠璣[3]，齲齒[4]人休仿笑微。

其奈帝無分痛法，空憐美損[5]幾分肥。

【今注】

[1] 楊妃病齒：原是中國仕女畫常見的題材，如薩天錫有〈楊妃病齒圖〉詩，此借用為詩題。

[2] 玉食：珍貴美味的食物。蘇轍〈王詵都尉寶繪堂詞〉：「侯家玉食繡羅裳，彈絲吹竹喧洞房。」

[3] 珠璣：指珠玉、寶石。

[4] 齲齒：蛀牙，牙齒發生腐蝕性病變。陸游〈齲齒〉：「齲齒雖小疾，頗解妨食眠。」

[5] 損：減少。

秋宮怨

獨自搴簾[1]對素娥[2]，西風何處沸笙歌[3]。

不知誰更承恩厚，朝貴[4]新供麗女[5]多。

【今注】

[1] 搴簾：揭開簾幕。白居易〈閒臥有所思〉二首之一：「向夕搴簾臥枕琴，微涼入戶起開襟。」

[2] 素娥：嫦娥的別稱，此借指月亮。陸游〈晚到東園〉：「岸幘尋青士，憑軒待素娥。」

[3] 沸笙歌：形容歌聲、奏樂聲齊起，熱鬧非凡。

⁴ 朝貴：朝中的權貴。

⁵ 麗女：美麗的女子。吳少微〈怨歌行〉：「小腰麗女奪人奇。」

昭和10年（1935）

蓮山

蓮座[1]湧波中彼岸誕登六通[2]是道。

山門[3]闢天半上方諦視[4]萬象皆空[5]。

【今注】

[1] 蓮座：諸佛的蓮花座位。因為蓮花聖潔，所以佛教取蓮形為床座。

[2] 六通：即佛教所謂的：宿命通、他心通、天眼通、天耳通、神足通、漏盡通，具足此「六通」者，方能了脫生死，超出三界。

[3] 山門：寺廟。

[4] 諦視：仔細察看。

[5] 萬象皆空：佛教認為空具有一切的性能，萬象是空，空具足萬象，所以一切現象皆具萬象。

項羽[1]

鬩牆[2]釁[3]啟自相攻，霸氣[4]流為戰血紅。

不寶人民徒據地，浪驅子弟角[5]群雄。

澤中鬼哭[6]龍蛇鬪，陔下[7]人收狗兔功。

成敗昭然[8]天應象，五星[9]已聚井之東。

【今注】

[1] 項羽：人名，即項籍（232BC-202BC），字羽，秦末下相人，楚國貴族出身。

與叔父項梁起兵吳中，項梁戰死後，籍繼為將，大破秦軍，稱「西楚霸王」，與劉邦爭天下，楚漢之爭持續四年，後兵敗垓下（今安徽省靈璧縣東南），楚軍瓦解，項籍自刎於烏江。

2　鬩牆：比喻兄弟相爭，引申為國家或集團內部的爭鬥。《詩經·常棣》：「兄弟鬩於牆，外禦其務。」

3　衅：「釁」的異體字，爭端。

4　霸氣：霸者的強悍氣勢。

5　角：較量。

6　鬼哭：形容哭喊聲淒慘。王翰〈飲馬長城窟行〉：「鬼哭啾啾聲沸天。」

7　垓下：地名。在安徽省靈璧縣東南，當年漢高祖劉邦圍項羽於此。

8　昭然：明顯的樣子。

9　五星：古代相士以人的生辰所值五星位置推算命運，所以五星可代稱命運。

花月酒

酒客風前書帶草。美人月下貌如花。

花月酒

璧月瓊花春似海。山肴野錯酒如淮。

竹山巖[1]即景

清絕[2]竹窩子，岩園爽氣[3]凌。翠雲[4]三徑[5]濕，綠水一渠澂。
鸑鳳[6]來高士，盟鷗[6]集遠朋。煙村今不俗，景物足舳艫[7]。

【今注】

1 竹山巖：此指作者故宅。

2 清絕：美妙至極。杜甫〈祠南夕望〉：「湖南清絕地，萬古一長嗟。」

3 爽氣：涼爽之氣。韋應物〈晚歸灃川〉：「南嶺橫爽氣，高林繞遙阡。」

4 翠雲：碧雲。

5 三徑：喻隱者的家園。陶淵明〈歸去來辭〉：「三徑就荒，松竹猶存。」

6 鶱鳳：鳳鳥高飛。

6 盟鷗：謂與鷗鳥訂盟同住水鄉，喻退隱。陸游〈雨夜懷唐安〉：「小閣簾櫳頻夢蝶，平湖煙水已盟鷗。」

7 觚稜：宮闕上轉角處的瓦脊成方角棱瓣之形，借指京城。秦觀〈赴杭倅至汴上作〉：「俯仰觚稜十載間，肩舟江海得身閑。」

重陽雅集

一樣南皮[1]誇勝事，關西[2]雅會啟重陽。

斗城[3]此日無風雨，史筆如春有雪霜。

老友相逢驚髮白，伊人[4]在望憶葭蒼[5]。

斯文[6]未喪吾還健，摛藻[7]同欣醉菊觴[8]。

【今注】

1 南皮：地名，今屬河北省。漢末建安時期，曹丕為五官中郎將，與友人吳質等文酒射雉，歡聚於此地，傳為佳話，後多用以稱述朋友間的雅集宴遊。孟郊〈同年春燕〉：「南皮獻清詞。」

2 關西：地名，位於新竹縣。

3 斗城：小城。

4 伊人：那個人。高適〈酬李少府〉：「伊人雖薄宦，舉代推高節。」

5 葭蒼：原指荻草與蘆葦，此喻思念異地的友人。《詩經·蒹葭》：「蒹葭蒼蒼，白露為霜。所謂伊人，在水一方。」

⁶ 斯文：此指文化。陸游〈溪上作〉：「斯文崩壞欲橫流。」
⁷ 擒藻：施展文才。皇甫冉〈寄江東李判官〉：「時賢幾狙謝，擒藻繼風流。」
⁸ 菊觴：指重陽酒宴。

昭和11年（1936）

相思樹

共道韓家樹[1]，盟山[2]遂所期，花花自相對，葉葉不分離。

【今注】

[1] 韓家樹：韓朋與妻子何氏死後化樹，故名「韓家樹」。戰國時宋康王的舍人韓朋，其妻因美貌而為宋康王所奪，韓憑怨憤自殺，其妻亦隨之。宋康王大怒，下令兩人墳塚只能對望不能合葬，後塚上長出梓木，棲息著交頸悲鳴鴛鴦。事見干寶《搜神記》。

[2] 盟山：像山般堅定不移的誓言。

相思樹

紅豆原同種[1]，青楊有別枝，清風[2]起林下，繫我美人思。

【今注】

[1] 同種：同一種族。

[2] 清風：清微、涼爽的風。

昭和13年（1938）

祝黃則修[1]先生古稀晉四雙壽

雲樹[2]蒼茫繫我思，多年不見好風儀[3]。

凌霜體比嚴冬柏，向日心如盛夏葵。

梁孟齊眉[4]鴛有牒[5]，孫曾繞膝鳳多姿。

由來至德膺純嘏[6]，敬為斯人一致辭。

【今注】

[1] 黃則修：人名。名萬生，字則修，卒於昭和15年（1940），為作者詩友，有〈鶯歌八景〉、〈三峽八景〉等詩。

[2] 雲樹：高聳入雲的樹木。柳永〈望海潮〉：「雲樹繞堤沙。」

[3] 風儀：風采儀容。

[4] 梁孟齊眉：比喻夫妻相敬如賓。東漢孟光送飯食給丈夫梁鴻時，總是將木盤高舉，與眉平齊事。事見《後漢書‧梁鴻傳》。

[5] 牒：用以紀錄之文件。

[6] 純嘏：大福。《詩經‧賓之初筵》：「錫爾純嘏，子孫其湛。」

昭和15年（1940）

看劍

毫光[1]直欲斗牛[2]衝，此去延平[3]恐化龍[4]。
未遂[5]雄心吾老矣，驚看出匣[6]鏽重重。

【今注】
[1] 毫光：如毫毛般四射的光線。沈佺期〈紅樓院應制〉：「紅樓疑見白毫光，寺逼宸居福盛唐。」
[2] 斗牛：指氣勢極盛。「斗」、「牛」為二十八宿中的斗宿與牛宿，晉初，天空中常有紫氣在斗宿與牛宿間出現，雷煥告訴張華，這是由於「寶劍之精，上徹於天」，因而在豫章豐城，掘出一石匣，內有兩把寶劍。之後，斗宿與牛宿之間的紫氣就消失了。因而「斗」、「牛」間之紫氣，常被用來形容寶劍的氣勢，如白居易〈李都尉古劍〉：「白光納日月，紫氣排斗牛。」斗牛典，事見《晉書・張華傳》。
[3] 延平：地名，延平津，即延平渡口。
[4] 化龍：指變化成龍。雷煥在豫章豐城掘出兩把劍，一把贈張華，一把傳給兒子雷華。八王之亂時，張華被殺，寶劍下落不明。一日雷華行經延平津，寶劍忽從腰間飛落湖中，遍尋不著，卻見二龍盤旋水面，瞬息之間，湖水光燦奪目，波濤洶湧，雷華最終還是失去了寶劍。事見《晉書・張華傳》。
[5] 未遂：未能達成。前兩句用豐城龍劍之典，這兩把寶劍雖然光亮神奇，氣勢不凡，可是之前埋地四丈，出土後又只作藏品配飾，寶劍有才卻無用，因而著「未遂」二字，既寫寶劍，亦是作者自己壯志消磨的慨歎。
[6] 匣：藏劍的盒子。

老妻[1]

金婚[2]初度喜團欒[3]，不送頭皮[4]意自安。
少種梅花三百本[5]，抱孫今好與同看。

【今注】

[1] 老妻：指作者的髮妻袁藻妹女士，她在筱園先生過世後，典守家業，守寡逾四十年。

[2] 金婚：西方習俗，結婚五十年者稱「金婚」。此借指結婚紀念，非實指。

[3] 團欒：團圓不分離。劉辰翁〈鷓鴣天・壽康教〉：「世間最有團欒樂，又是平平過一年。」

[4] 不送頭皮：此句言自己不被官事束縛，所以能自由自在。隱士楊朴曾被宋真宗召見，真宗問楊朴臨行時是否有人贈詩，楊朴回答說：「唯臣妻有一首云：『更休落魄耽杯酒，且莫猖狂愛詠詩。今日捉將官裡去，這回斷送老頭皮』」，真宗大笑，知道楊朴無意為官，就放他歸去。事見《東坡志林》。

[5] 三百本：極寫梅樹之多。以梅為喻，有不屈霜雪、不與世推移的自我期許。

伍員

千秋[1]豪氣[2]壯胥門[3]，雲夢[4]還思八九吞。
覆楚未能吳已沼[5]，英魂空作怒濤[6]翻。

【今注】

[1] 千秋：千年，比喻長久的時間，李陵〈與蘇武詩〉：「嘉會難再遇，三載為千秋。」

[2] 豪氣：豪放的氣概，劉禹錫〈傷段右丞〉：「江海多豪氣，朝廷有直聲。」

胥門：蘇州古城牆，相傳是伍員被殺後，頭顱示眾之地。伍員，人名，春秋楚人，字子胥。伍員父兄三人都在楚國為官，楚王聽信讒言殺其父兄，他逃到吳國，佐吳伐楚報仇，並輔其稱霸。吳滅越後，想放越王句踐回國，他極力勸諫，最後被殺。

4 雲夢：今湖南省東南方，為古代的雲夢大澤所在，春秋時屬於楚國領地。

5 吳已沼：吳國已經滅亡。

6 怒濤：波濤洶湧。相傳伍員死後，魂魄化潮歸來，即錢塘潮。柳永〈望海潮〉：「怒濤卷霜雪，天塹無涯。」

埔里道中[1]

十里疆鄰國姓庄[2]，爭來漢族沐餘光。

居民饒有承先意，香火[3]家家祀[4]鄭王[5]。

【今注】

1 埔里：地名，位於南投縣，其位置恰好是臺灣島的中心點，亦為面積最大的山間盆地。

2 國姓庄：地名，日治時期屬於台中州能高郡，為蕃地。

3 香火：供佛敬神所點的香燈和蠟燭。

4 祀：祭祀。

5 鄭王：指延平郡王鄭成功。

獅山[1]其二

此山初無奇，寂寂[2]經千年。巨靈擘[3]怪石，置在山之巔。

獅子忽怒吼，數峰浮青蓮[4]。離奇峰南北，燦列十洞天[5]。

十九居古佛，其一離樓仙。仙人呂道祖[6]，詩賦警世篇。

扶鸞⁷數文人，今亦半逃禪⁸。佛力偉且大，真諦⁹經誰傳。

燒豬渺佛印¹⁰，跨鶴來稚川¹¹。雲際呼鮑姑¹²，止此結靜緣。

【今注】

1. 獅山：山名，又名獅頭山，位於苗栗縣南庄鄉與新竹縣峨眉鄉交界，因山形酷似獅頭而得名。
2. 寂寂：寂寞無聞。
3. 擘：分開。李商隱〈李夫人〉三首之二：「多擘秋蓮的。」
4. 青蓮：睡蓮的一種，其葉寬而長，青白分明。佛經中以此形容佛佗之眼。《維摩詰經》：「目淨脩廣如青蓮，心淨已度諸禪定。」
5. 洞天：道家認為神仙居處多在名山洞府中，因洞中別有天地，故稱為「洞天」。李白〈奉餞高尊師如貴道士傳道籙畢歸北海〉：「道隱不可見，靈書藏洞天。」
6. 呂道祖：人名，名巖，字洞賓，自號純陽子。相傳修道成仙，為八仙之一。
7. 扶鸞：一種民間請示神明的方法。將一丁字形木棍架在沙盤上，由兩人扶著架子，依法請神，木棍於沙盤上畫出文字，作為神明的啟示，以顯吉凶。
8. 逃禪：違背禪宗意旨。
9. 真諦：佛教用語。二諦之一，意為最究竟的真實。
10. 燒豬渺佛印：佛印，人名，蘇軾的僧人好友，常燒豬以待其來，一日豬肉被人竊食，蘇軾戲作一詩：「遠公沽酒飲陶潛，佛印燒豬待子瞻。採得百花成蜜後，不知辛苦為誰甜。」事見《竹坡詩話》。此處言燒豬的佛印已渺不可見。
11. 稚川：神仙所居之境，為稚川真君統領。事見《太平廣記・僧契虛》。
12. 鮑姑：人名，為葛洪之妻，善長灸治，死後成仙，廣州有鮑姑祠。事見《墉城集仙錄》。

獅山其四

名山足臥遊，羅浮[1]常在夢。四百卅二峰，寰中[2]誰伯仲[3]。

此山誰窅[4]小，元氣[5]殊鴻絧[6]。怪石伏滿山，石危[7]藤自控。

有泉解乘虛[8]，有雲解補空[9]。雲作蒼狗[10]飛，泉作朱鳥[11]弄。

雲泉抱石[12]處，忽開仙佛洞。山因佛得名，日教遊者眾。

春明蠟屐[13]登，恰逢寒雨凍。来時杖化龍[14]，去時簫引鳳[15]。

長嘯下山門，獅象咸就鞚[16]。緩緩過珊湖[17]，水作瀟湘[18]弄。

去来彈指[19]間，自笑何侳傯[20]。忍舍雲中山，昂頭遠相送。

【今注】

1 羅浮：山名，在廣東省東江北岸，以風景幽美著稱，相傳葛洪曾在此修道，道
   教稱「第七洞天」。隋文帝開皇年間，趙師雄居羅浮，日暮天寒，醉憩於松林
   酒店旁，見一素妝女子，共入酒家相談甚歡。翌日酒醒，竟臥於梅花樹下。事
   見柳宗元《龍城錄》。
2 寰中：海內、天下。
3 伯仲：兄弟之間的老大和老二。比喻事物不相上下。秦觀〈秋夜病起懷端叔作
   詩寄之〉：「與時真楚越，於我實伯仲。」
4 窅：遠望。
5 元氣：大化之氣。晁補之〈謁岱祠即事〉：「崢嶸介丘像，湏洞元氣屯。」
6 鴻絧：連續。
7 石危：高聳的岩石。
8 乘虛：藉著虛弱之機。
9 補空：填補空虛。
10 蒼狗：比喻世事變幻無常。杜甫〈可嘆〉：「天上浮雲如白衣，斯須改變如蒼
   狗。」

[11] 朱鳥：傳說中的鸞鳥。張耒〈登高〉：「朱鳥屹峙兮丹膺絳翮。」
[12] 抱石：懷抱石頭。
[13] 蠟屐：塗蠟的木屐，又可喻悠閒的生活。晉代的阮孚好屐，一次有人拜訪阮孚，見他吹火蠟屐，使之潤滑，就嘆息說：「未知一生當著幾量屐！」事見《世說新語．雅量》。
[14] 杖化龍：漢代費長房從壺公學仙，學成後，乘壺公所贈的竹杖離去，至家後將杖棄於葛陂中，竹杖竟化成青龍。事見《後漢書．方術列傳》。
[15] 簫引鳳：春秋時的蕭史，善吹簫，秦穆公以女弄玉妻之。後教弄玉吹簫，感鳳來集，弄玉乘鳳、蕭史乘龍，夫婦同去。事見劉向《列仙傳》。
[16] 鞚：操縱、駕馭。
[17] 珊湖：地名，位於苗栗縣頭份鎮。
[18] 瀟湘：指湘江，湘江之水以清深聞名。李白〈遠別離〉：「古有皇英之二女，乃在洞庭之南，瀟湘之浦。」
[19] 彈指：比喻很短暫的時間。陸游〈懷昔〉：「年光一彈指，世事幾浮漚。」
[20] 倥傯：指匆忙。

海會庵[1]聽經[2]

西方古聖人，道證[3]真如日。六根[4]淨無塵，大乘[5]垂戒律。
南宗與北宗[6]，燈傳[7]無或失。後人學愈離，以虛掩其實[8]。
先天又金童[9]，龍華[10]竟軼出[11]。佛徒今滿池，教旨各撰述。
奈公[12]與菜姑[13]，金相玉其質。經誦阿彌陀[14]，咒念波羅蜜[15]。
觸法[16]苦相持，喃喃卯至戌[17]。一口木魚[18]禪，彌勒笑咥咥[19]。
風林色相空[20]，花落維摩室[21]。

【今注】

[1] 海會庵：佛寺名，位於獅頭山獅岩洞右側的山坳處，建於昭和4年（1929），第一任住持達明法師為謝雪紅之二姐。海會庵規模不大，正殿主祀西方三聖——

阿彌陀佛、觀世音菩薩、大勢至菩薩，兩側壁龕祀目健連及地藏菩薩，殿外兩側祀彌勒佛及四大天王。

2　聽經：聽人講誦佛教經文。

3　道證：悟道。

4　六根：能接觸外境與心境的眼、耳、鼻、舌、身、意的六種感官功能。

5　大乘：佛教的兩個主要傳統之一，對佛陀及其教義採用較開明和創新的解釋，要求佛教徒勿汲汲尋求個人的解脫，應致力菩薩的實踐。現存的大乘宗派，主要有淨土宗、禪宗和天台宗。

6　南宗與北宗：佛教禪宗自五祖圓寂後，分為南北二宗。南宗為六祖慧能所創，北宗是神秀所創。

7　燈傳：佛教以燈象徵智慧，眾生因智慧而解脫，此指佛法的傳導。

8　以虛掩其實：以虛妄掩蓋真實。

9　先天又金童：指齋教中的「先天派」與「金幢派」。日治時期臺灣的佛教以齋教勢力最大，齋教強調在家人可以弘法、傳皈依與收弟子，為只傳在家人，不傳出家人的「在家佛教」，與正統佛教尊僧、禮僧與敬僧的傳統有很大的差異。

10　龍華：指齋教中的「龍華派」，齋教三派中，其勢力最大。「龍華派」，稱其源於無極聖祖，有人類之初便存在，這對源於釋迦牟尼的正統佛教而言，是非常離經叛道的。

11　軼出：超出。

12　奈公：即菜公。齋教的男性信徒，為持齋守戒的帶髮居士。

13　菜姑：指齋教的女性信徒，其拜佛持齋，但並未出家。

14　阿彌陀：指《佛說阿彌陀經》，為大乘佛教經典之一。。

15　波羅蜜：指《摩訶般若波羅蜜多心經》，為大乘佛教出家及在家佛教徒日常背誦的佛經。

16　觸法：受到佛法啟悟。

17　卯至戌：二者皆為時辰名，卯時約早晨五點到七點，戌時為晚上七點到九點，此喻誦經聲從早至晚。

18　木魚：一種佛教法器。相傳魚晝夜不合目，故刻木像魚形，擊之以警戒僧眾應晝夜思道。

19　咥咥：形容笑聲。

20　風林色相空：「風林」是被風擾動的林木，指虛幻變動的世界表相。「色相空」

為「色即是空」，《摩訶般若波羅蜜多心經》：「色即是空，空即是色，色不異空，空不異色」、「受想行識，亦復如是」，則為世界的本質，當體即空。

21 花落維摩室：「花落」、「維摩室」皆用維摩詰居士之典，說明解脫無執的悟道之境。「花落」為天女散花，花會落在諸佛門弟子身上，卻不會觸及維摩詰居士和文殊菩薩之身，因為二者已達解脫無執之境。「維摩室」是維摩詰居士的房間。一次維摩詰居士生病，文殊菩薩前來探病，維摩詰居士運用神通，將三萬兩千個獅子座置於房中，維摩詰居士的房間原本很小，卻能容納這些寬廣的獅子座，讓諸佛門弟子感覺不可思議。維摩詰居士認為只要能達到解脫無憂之境，高大的須彌山也能被收進微小的芥菜籽中，芥子無我，因而能收納整座須彌山，甚至整個世界。事見《維摩詰所說經·不思議品》。

卷二・未繫年詩　詩一百零八首

五絕

寒食[1]

清明即明日，雨意況淒淒[2]。
節冷花無賴[3]，煙藏柳未有。

【今注】

[1] 寒食：節令名，約在每年冬至後一百零五日，清明節前一或二日。此節日相傳
是因介之而來。《後漢書・周舉傳》：「太原一郡，舊俗以介子推焚骸，有龍
忌之禁。至其亡月，咸言神靈不樂舉火，由是士民多冬中輒一月寒食，莫敢煙
爨。」
[2] 淒淒：淒涼悲傷。
[3] 無賴：無奈。

寒食

墓門[1]遲馬跡，客思亂鵑啼。
傳燭黃昏後[2]，光分火乙黎。

【今注】

[1] 墓門：墓道之門。
[2] 傳燭黃昏後：寒食原應禁火，而於清明取火，不過唐宮廷有寒食賜火之例，唐・
韓翃〈寒食〉：「日暮漢宮傳蠟燭。」

大樹

此材足梁棟[1]，聳立玉樓[2]前。

任爾狂風雨，危然不仆顛[3]。

【今注】
[1] 梁棟：建造房屋的大材。
[2] 玉樓：華麗的樓。權德輿〈秋閨月〉：「不知何處玉樓前。」
[3] 仆顛：失去平衡而跌倒。

大樹

綠陰[1]繁數畝，鬱鬱[2]欲千年。

細草幽花[3]發，休云雨露偏。

【今注】
[1] 綠陰：濃密的樹蔭。張耒〈微雲〉：「綠陰啼鳥閉衡門。」
[2] 鬱鬱：茂盛的樣子。梅堯臣〈依韻和陳秘校見寄〉：「鬱鬱東堂桂。」
[3] 幽花：雅致的花朵。陸游〈野步書觸目〉：「幽花雜紅碧，野橘半青黃。」

大樹

此樹非樗櫟[1]，千重節操堅。

誰知廣廈[2]意，巨室必求焉。

1 樗櫟：樗和櫟都是木質粗鬆的木頭，雖大而無用，指毫無用處的不材之木。事
   見《莊子‧逍遙遊》。
2 廣廈：高大的房屋。元稹〈諭寶〉：「棟梁無廣廈。」

大樹

挺立空山裡，枝頭鶴夢[1]圓。

休教熱中客[2]，來傍翠雲天。

【今注】

1 鶴夢：謂超凡脫俗的嚮往。張翥〈多麗‧西湖泛舟夕歸施成大席上以晚山青為
   起句各賦一詞〉：「自湖上、愛梅仙遠，鶴夢幾時醒。」
2 熱中客：急切於名利的人。

七絕

龍潭即景

趁墟[1]來去水雲鄉，岸柳堤松弄碧蒼。
午夜橋頭看落月，金波[2]千頃[3]漾銀塘。

【今注】
[1] 墟：農村定期的市集。
[2] 金波：月光。白居易〈對琴待月〉：「玉軫臨風久，金波出霧遲」。
[3] 千頃：比喻範圍寬廣，不可計量。

龍潭即景[1]

長隄[2]人影亂斜陽，瀲灩[3]金波自莽蒼[4]。
一碧娟娟[5]潭底月，幾疑龍吐夜珠[6]光。

【今注】
[1] 龍潭：地名，位於桃園縣，街市中有一大潭，相傳有龍棲息，因而得名。
[2] 長隄：防止河水氾濫的堤防。
[3] 瀲灩：水光映照，閃耀明亮的樣子。蘇軾〈飲湖上初晴後雨詩〉二首之二：「水光瀲灩晴方好，山色空濛雨亦奇。」
[4] 莽蒼：蒼茫廣大的樣子。
[5] 娟娟：水波緩緩輕搖的樣子。岑參〈楊雄草玄臺〉：「娟娟西江月，猶照草玄處。」
[6] 夜珠：傳說能在黑暗中發光的寶珠。

龍潭即景

環隄古木韻修篁[1]，濁世何從覓靜鄉。
挈[2]得閒為鷗鷺侶[3]，一亭擬築水中央。

【今注】
[1] 修篁：高長的竹子。杜牧〈題張處士山莊一絕〉：「修篁與嘉樹，偏倚半巖生。」
[2] 挈：帶領。
[3] 鷗鷺侶：此指隱者恬淡自適，以鷗鷺為伴，有忘身物外的寓意。

龍潭即景

四方雲氣漾波光，一水偏能濟[1]歲荒[2]。
十五村莊流澤遍，有龍靈豈說荒唐。

【今注】
[1] 濟：救助。
[2] 歲荒：收成不好的荒年。

龍潭即景

白板[1]長隄夕照黃，風翻榕葉自蒼涼[2]。
又魚市[3]散人歸去，萬點樓燈漾水光。

¹ 白板：比喻單身，此指獨自一人。
² 蒼涼：淒涼、悲傷。
³ 魚市：賣魚的市場。張籍〈泗水行〉：「城邊魚市人早行，水煙漠漠多棹聲。」

龍潭即景

天池勝景卻非常，別有靈名冠水鄉。

潭上高岡¹龍尚臥，待興雲雨濟南荒²。

【今注】

¹ 高岡：高起的土坡。
² 南荒：極南之地，此指台灣。

龍潭即景

乳姑¹山色漾銀塘，夾岸²人家水升莊。

鷗鷺多情應識我，一船書畫朱元璋。

【今注】

¹ 乳姑：山名，位於龍潭。
² 夾岸：水流的兩岸、堤岸的兩旁。

龍潭即景

看他吞吐[1]千條水，真箇能容狠不狂。
五月瀟瀟[2]龍共奉，萬山雲黑雨聲荒。

【今注】

[1] 吞吐：吞進和吐出。
[2] 瀟瀟：風狂雨驟的樣子。溫庭筠〈送襄州李中丞赴從事〉：「江雨瀟瀟帆一片，此行誰道為鱸魚。」

龍潭即景

澄波[1]千頃水風涼，三面田園市一方。
乞得鑑湖[2]偏有意，任他去作白鷗鄉。

【今注】

[1] 澄波：清澈的水波。白居易〈泛太湖書事寄微之〉：「報君一事君應羨，五宿澄波皓月中。」
[2] 鑑湖：湖泊名，位於紹興，又名鏡湖，唐開元間賀知章曾求以湖為放生池，此處可寫水面如鏡，亦暗喻己身無求宦仕進之意。

訪菊

晚節[1]香飄傍[2]竹栽，孤芳[3]鬱抱向誰開。
陶潛[4]去後相知少，三徑[5]風清我自來。

1 晚節：指歲暮寒冬。
2 傍：靠近。
3 孤芳：比喻品格高潔，此指菊花，亦是作者自身懷抱的投影。
4 陶潛：人名，東晉潯陽柴桑人，一名淵明，字元亮，安貧樂道，嘗作〈五柳先生傳〉以自比，為古今隱逸詩人之宗。
5 三徑：陶淵明〈歸去來辭〉：「三徑就荒，松菊猶存。」原是陶淵明歸隱回家，見到道路荒蕪，松菊尚存的情景。後多借指隱居不仕。

訪菊

台陽¹風景信奇哉，黃菊花偏間早梅。
未訪美人先隱者²，老夫懷抱為君開。

【今注】

1 台陽：指台灣，如王松有《台陽詩話》。
2 隱者：隱居的人。

延平郡王¹

儒巾²脫卻事戎³軒，意氣縱橫且漫⁴論。
漢族忍教淪⁵異類⁶，滿人況復利諸藩⁷。

【今注】

1 延平郡王：鄭成功的封號。鄭成功，初名森，字大木，唐王賜姓朱，改名成功，為明末南安人。父親鄭芝龍降清，其遁入海島與父絕。桂王封之為延平郡

王招討大將軍，命率師攻閩浙，又大舉下江南各地，圍南京，祭孝陵，後兵失
利，退取臺灣作為根據地，仍奉明年號，卒年三十九歲。

2　儒巾：古代儒生所戴的帽子。鄭成功原是儒生。

3　戎：軍旅。鄭成功曾在孔廟前焚儒巾與儒服，投筆從戎。

4　漫：此處應是不要的意思。

5　淪：陷入。

6　異類：舊時稱不同種族的人。李商隱，〈送千牛李將軍赴闕五十韻〉：「素來
矜異類，此去豈親征。」

7　諸藩：古代的諸侯國。

【集評】

佚名評：此作筆氣雄，詞句巧，有敍有斷，慷慨悲涼，允推傑作。

延平郡王

千秋事去空圖讖[1]，百戰[2]歸來壯國魂。

今日瀛壖[3]遺烈在，家家戶稅荐[4]蒿蘩[5]。

【今注】

1　圖讖：河圖、符命等有關王者受命徵驗的書籍，流行於東漢，多為預言或隱
語。杜審言〈和李大夫嗣真奉使存撫河東〉：「謳歌移火德，圖讖在金天。」

2　百戰：比喻參與戰事次數之多。

3　瀛壖：瀛指大海，壖為河邊，因臺灣為四面環海的島嶼，所以常被稱為「瀛
壖」，如陳肇興〈穫稻〉：「自是瀛壖多樂土，畬田火米不須論。」

4　荐：進獻。

5　蒿蘩：二者皆是祭祀用的香草。王逸《楚辭補註》：「蒿蘩，草蔞香草，惟為
香草故可充蔬。」

佚名評：胸有史識，藻不妄抒。

新蟬

春陰[1]綠到江南岸，愛汝如琴聽不厭。

凍雨[2]危風[3]三月後，劇[4]憐出世便趨炎[5]。

【今注】

[1] 春陰：春日的綠葉繁盛茂密。
[2] 凍雨：寒雨。杜甫〈枯棕〉：「凍雨落流膠，衝風奪佳氣。」
[3] 危風：強風。
[4] 劇：強烈的。
[5] 趨炎：原指天氣轉熱，此喻趨附權勢。

新蟬

飲露餐風[1]自養廉[2]，一生端[3]不惹人嫌。

綠陰滿地藏身好，知足趨炎是避炎。

【今注】

[1] 飲露餐風：以露為飲，以風為食，喻清苦的生活。
[2] 養廉：培養並保持廉潔的美德。
[3] 端：果真。

洗硯

多年墨守[1]小松軒，洗向蒼波[2]古澤存，
佇看文章浮水面，流離異派總同源[3]。

【今注】
[1] 墨守：牢固的守著。
[2] 蒼波：水波。
[3] 同源：流派雖異，根本同源。

野鶴

肯教帳入又軒乘，籠絡[1]何人總未能，
流水閑雲棲止[2]外，別無拘束任飛騰。

【今注】
[1] 籠絡：籠與絡，均為羈絆動物的器具。引申為以權術或手段控制他人。
[2] 棲止：停留、居住。

品茶[1]

樵青何必竹間呼，林下煎茶[2]興不孤。
我自三杯較香味，笑他七碗大粗盧[3]。

【今注】

1 品茶：據《桃園縣志‧邱世濬傳》，筱園先生曾「創設製茶工廠」。大正十五
　年陶社創社儀式與龍潭庄茶品會同時舉行，當時擊鉢吟之詩題為〈品茶〉，限
　七絕虞韻，與此三首〈品茶〉完全相符。
2 煎茶：煮茶。蘇軾〈南歌子〉：「已改煎茶火，猶調入粥餳。」
3 粗盧：粗魯。

品茶

瓷甌¹數個又饒壺，自汲²請泉興不孤。

畢竟³建溪⁴風味好，碧山新采紫雲腴⁵。

【今注】

1 瓷甌：飲茶用的碗杯。
2 汲：取水。
3 畢竟：終歸、到底。
4 建溪：指福建的建溪流域，其以產烏龍茶聞名，梅堯臣〈建溪洪井茶〉稱建溪
　茶：「乃思平生游，但恨江路賒。安得一見之，煮泉相與誇。」
5 雲腴：道教的仙藥，香甘味美。

品茶

綠乳春融水色殊，金甌[1]露借足歡娛。
夷山[2]風味應分別，不比尋常玉酪奴[3]。

【今注】

[1] 金甌：金色的酒器，此借指茶碗。
[2] 夷山：山名，福建省的武夷山，以產茶聞名。
[3] 玉酪奴：茶茗有酪奴之稱，如《洛陽伽藍記》：「因此復號茗飲為酪奴。」

寒梅

不知何處暗香[1]浮，浩浩[2]空山水自流。
雪蕊開從初雪後，是花是雪共悠悠。

【今注】

[1] 暗香：形容清幽的花香。林逋〈山園小梅詩〉二首之一：「疏影橫斜水清淺，
　　暗香浮動月黃昏。」
[2] 浩浩：廣大的樣子。

寒梅

跨驢為愛日探幽，耐冷[1]偏從雪裡求。
折取却憐寒透指，一枝春[2]寄嶺南州[3]。

¹ 耐冷：能承受酷寒。

² 一枝春：指梅花，古代有折梅贈友之風，此句化用陸凱〈贈范曄〉：「折梅逢
　驛使，寄與隴頭人。江南無所有，聊贈一枝春。」

³ 嶺南州：中國五嶺以南的地區，即今廣東、廣西一帶，有梅嶺，以梅著稱，方
　干〈與鄉人鑒休上人別〉：「一枝竹葉如溪北，半樹梅花似嶺南。」

紙鳶

三五兒童野興生，送來郊外托風¹輕。

胸中儘有凌雲²氣，高處還須慎³不平。

【今注】

¹ 托風：依靠風力。

² 凌雲：乘雲高飛。比喻超俗絕塵。李白〈白頭吟〉：「萬乘忽欲凌雲翔。」

³ 慎：小心。

楊妃洗兒¹

溫泉初泛玉芙蓉²，轉向嬌兒³愛獨鍾。

一勺宮前成禍水⁴，他時縈在竟亡龍。

【今注】

¹ 楊妃洗兒：指楊貴妃收安祿山為義子時，所進行的「洗身」儀式，楊、安二人
　因以母子相稱，所以常一起用餐、通宵不出，事見司馬光《資治通鑑》。此說
　流傳甚廣，被認為是楊妃穢亂的醜聞，但《新唐書》、《舊唐書》皆未載此

事，除《通鑑》外，僅見於稗史，袁枚《子不語》：「余極言《通鑑》載楊妃洗兒事之誣。」

2 玉芙蓉：指美人。楊萬里〈浣溪紗〉：「天然一朵玉芙蓉，千嬌百媚語惺忪。」

3 嬌兒：愛子，此指安祿山。

4 禍水：害人之物。

5 漦：龍的唾液。薛能〈華嶽〉：「鶴毳壇風亂，龍漦洞水腥。」

秋扇

齊紈[1]仿繪放翁圖[2]，中道[3]恩情具漫辜[4]。

一片冰心[5]秋後熱，放懷愛汝月輪孤。

【今注】

1 齊紈：白色的絲織品。張籍〈酬朱慶餘〉：「齊紈未是人間貴，一曲菱歌敵萬金。」

2 放翁圖：南宋詩人陸游的畫。

3 中道：半路、中途。黃庭堅〈寄裴仲謨〉：「野飯中道宿。」

4 漫辜：徒然虧欠。

5 一片冰心：比喻人冰清玉潔、恬靜淡泊的性情。王昌齡〈芙蓉樓送辛漸詩〉二首之一：「洛陽親友如相問，一片冰心在玉壺。」

患盜[1]

由來惡賊出嚴官，此是真言[2]卻不謾[3]。

得業盡教衣食足，何須寬責漢劉漢。

【今注】
1　患盜：憂慮盜賊。
2　真言：真實誠摯的言詞。
3　謾：欺騙。

望雨

日光如大月如銀，贏得清遊[1]說好春。

深恐禾枯成饉歲[2]，關心豈獨在農人。

【今注】
1　清遊：清雅遊賞。陸游〈月下步至臨皋亭〉：「清遊豈無伴，三友風露月。」
2　饉歲：荒年。

望雨

那堪亢旱[1]欲經春，煞費耕農悵望頻。

總有雲霓[2]孚願[3]日。空潭催起五龍神。

【今注】
1　亢旱：大旱。
2　雲霓：虹，下雨後才會有虹，所以乾旱時，會思見虹霓。《孟子・梁惠王》：
　　「民望之，若大旱之望雲霓也。」
3　孚願：深切的期願。

初雪

漠漠[1]彤雲[2]覆大虛[3]，寒衝谿谷[4]獨騎驢。

屯山[5]霽色[6]朝來看，掩映梅花玉不如。

【今注】

1 漠漠：密布。
2 彤雲：下雪前密布的灰暗濃雲。于謙〈題畫詩〉：「彤雲蔽天風怒號，飛來雪片如鵝毛。」
3 大虛：天空。
4 谿谷：兩山間可供流水通過的地帶。
5 屯山：山名，位於臺北市近郊，為大屯火山群的一座錐狀火山。
6 霽色：天空晴朗時所呈現出來的藍色。賈島〈送無可上人〉：「圭峰霽色新，送此草堂人。」

秋雨

轉瞬[1]遙山[2]望欲無，水光雲氣滿南湖。

蘆花風送瀟瀟雨[3]，繪作秋農課稼圖。

【今注】

1 轉瞬：轉眼之間，喻極短的時間。
2 遙山：遠方的山嶺。
3 瀟瀟雨：大雨。

秋雨

濛濛[1]雨鎖又烟舖[2]，一夜風聲戰老梧。

細滴輕飄秋淅瀝[3]，不同六月跳荷珠。

【今注】
[1] 濛濛：形容水氣綿細密布的樣子。
[2] 烟舖：霧中的商鋪。
[3] 淅瀝：形容雨聲。

秋雨

知時恰喜與秋俱，不帶風狂又雪屢[1]。

我自關心到民瘼[2]，還期十日一沾濡[3]。

【今注】
[1] 雪屢：大雪。
[2] 民瘼：人民的疾苦。楊萬里〈送俞漕子清大卿赴召〉：「十載江湖訪民瘼。」
[3] 沾濡：滋潤浸漬。比喻恩澤普及。

冰旗[1]

病愈[2]文園[3]渴已消[4]，小樓風月[5]坐深宵。

裂繒[6]誰存書冰字，笑我清銜署一條。

1. 冰旗：日治時期冰店常另一面紅書「冰」字旗，使人從遠處認得何處可以止渴。
2. 病愈：病已痊癒。
3. 文園：指司馬相如，因其曾任文園令。
4. 渴已消：不再感覺口渴。司馬相如中年後為消渴症所苦。李商隱〈漢宮詞〉：
   「侍臣最有相如渴，不賜金莖露一杯。」
5. 風月：清風明月。
6. 裂繪：裁剪五彩絲綢。

龍蟠[1]

龍池蘸影[2]新華[3]嫩，烏觜生香老幹蟠。
龍岩春發雲旋展，陸井[4]泉清鐵幹[5]蟠。

【今注】

1. 龍蟠：像龍般盤繞。
2. 蘸影：浸染水中倒影。
3. 新華：新開的花朵。
4. 陸井：地面之井。謝宗可〈雪煎茶〉：「陸井有泉應近俗。」
5. 鐵幹：堅硬的樹幹。施閏章〈漢柏〉：「鐵幹蟠空少根蒂。」

蜘蛛

屋角春晴吐好絲，張羅結網又炙存[1]。
不堪織女繰[2]成絹，空負經綸[3]滿腹時。

¹ 奚存：何存。

² 繅：煮繭抽絲。李白〈贈清漳明府姪聿〉：「繅絲鳴機杼，百里聲相聞。」

³ 經綸：原是處理過的蠶絲，引申人的才能、學識。楊萬里〈蛛網〉：「卻是蜘蛛遭積雨，經綸家計趁新晴。」

蜘蛛

憑誰解析¹昆蟲學²，物性³由來汝最奇。

一網食求蠅蝶外，千雄死竟困孤雌。

【今注】

¹ 解析：分解剖析，逐項釐清。

² 昆蟲學：研究昆蟲的形態、構造、分類、繁殖及生態的學問。

³ 物性：萬物的本性。杜甫〈自京赴奉先縣詠懷五百字詩〉：「葵藿傾太陽，物性固莫奪。」

蜘蛛

同類¹何堪吃汝虧，可憐弱者²任施存。

惡他屋角張羅網³，撲殺⁴呼僮作義師⁵。

【今注】

¹ 同類：同屬一類。

² 弱者：力量薄弱的人。

³ 羅網：捕獵物的網。蘇舜欽〈大霧〉：「群鳥啁啾滿庭樹，欲飛恐遭羅網囚。」

⁴ 撲殺：擊殺。

⁵ 義師：為維護正義而興起的軍隊。

冬日

小春¹日影麗西廳，積雪寒消晝不冥²。

坐我陽阿³晞髮⁴好，刼餘蓬鬢⁵感星星⁶。

【今注】

¹ 小春：陰曆十月，天氣暖和如春，故稱之。

² 不冥：不幽暗。

³ 陽阿：古代神話傳說中的山名，朝陽初升時所經之處。謝靈運〈石門巖上宿〉：「美人竟不來，陽阿徒晞髮。」

⁴ 晞髮：將頭髮披散使之乾爽。

⁵ 蓬鬢：形容雜亂的頭髮。杜甫〈人日〉之一：「蓬鬢稀疏久，無勞比素絲。」

⁶ 星星：白髮如星般繁多。蔣捷〈虞美人〉：「而今聽雨僧廬下，鬢已星星也。」

冬日

鎖寒曉上朝陽閣，坐看金輪¹涌碧溟²。

一線長添冬至³後，餘光漸放雪山青。

【今注】

¹ 金輪：喻太陽。陳陶〈題贈高閑上人〉：「龍蛇驚粉署，花雨對金輪。」

² 碧溟：原指碧海，此借指青綠色的雲海。

³ 冬至：二十四節氣之一，這一天北半球白天最短，夜間最長。

冬日

中天[1]赫赫[2]麗鯤溟[3]，暖氣噓來滿戶庭。

絕好斜睡[4]雲外吐，迎年菊鬨[5]小梅馨。

【今注】
[1] 中天：天空。陸游〈雙清堂夜賦〉：「素月行中天，流螢失孤光。」
[2] 赫赫：顯盛的樣子。
[3] 鯤溟：指臺灣島。張達修〈赤坎樓秋望〉：「巍峨百尺海門通，極目鯤溟思不窮。」
[4] 斜睡：側睡。
[5] 鬨：「鬥」的異體字，相爭。

秋思

節序[1]警心[2]藏又賒，一年風月[3]此堪嘉。

中原[4]戲馬思馳道[5]，落日孤鴻[6]看整斜。

【今注】
[1] 節序：節令的順序。
[2] 警心：戒慎。
[3] 風月：清風明月。
[4] 中原：指黃河中下游地區。陸游〈秋思〉：「鴈來不得中原信，撫劍何人識壯心！」
[5] 馳道：泛指供車馬馳行的大道。韋應物〈長安道〉：「香車卻轉避馳道。」
[6] 孤鴻：孤單的鴻雁。杜牧〈秋夢〉：「孤鴻秋出塞，一葉暗辭林。」

秋思

荒檄¹雲頑幻蒼狗²，故國³經辭傲黃花⁴。

江南⁵且漫哀凋落⁶，蘭蕙榮懷水一涯。

【今注】

1 荒檄：邊荒之地。施補華〈輪臺歌〉：「荒檄忽變豐樂鄉，天時地氣應蕃昌。」
2 蒼狗：喻世事變幻無常。
3 故國：家鄉。梅堯臣〈留別樂和之〉：「漸轉青山去，還將故國辭。」
4 黃花：指菊花。李清照〈醉花陰〉：「簾捲西風，人比黃花瘦。」
5 江南：原指長江之南，此喻故鄉。屈原《楚辭・招魂》：「魂兮歸來哀江南。」
6 凋落：衰敗零落。

蟹

秋江風定¹晚潮來，郭索²沙邊又水隈³。

可惜無腸⁴空膽壯，橫引不怕禹門雷⁵。

【今注】

1 風定：風已平靜。白居易〈崔十八新池〉：「見底月明夜，無波風定時。」
2 郭索：螃蟹走路的樣子。揚雄《太玄經・銳卦》：「蟹之郭索，心不一也。」
3 隈：水流彎曲的地方。
4 無腸：蟹因腸小，所以被稱為無腸公子。
5 禹門雷：「禹門」即龍門。形容水勢盛大，如同龍門八景中的「雷聲一震」。

慾梅

情天¹缺憾²費安排，鍊時猶能補女媧³。

獨此蒼茫⁴無着處，貪夫⁵色子⁶盡沉埋。

【今注】

1. 情天：愛情的境地。《紅樓夢》第五回：「情天情海幻情身，情既相逢必主
   淫。」
2. 缺憾：令人遺憾之處。
3. 女媧：神話傳說中的女神，與伏羲為兄妹。人首蛇身，相傳曾煉五色石以補
   天，並摶土造人。
4. 蒼茫：空曠遼遠。
5. 貪夫：貪婪的人。
6. 色子：骰子。

慾梅

四顧¹蒼茫獨放懷²，奔騰意勒臨□崖。

時人屐險³忘沉溺⁴，超北夷然⁵挾小娃。

【今注】

1. 四顧：環顧四周。李白〈行路難〉之一：「停杯投箸不能食，拔劍四顧心茫
   然。」
2. 放懷：任情縱意，放寬胸懷。白居易〈閒夕〉：「放懷常自適，遇境多成
   趣。」
3. 屐險：面臨危險。

⁴ 沉溺：無法節制的沉湎。
⁵ 夷然：平靜鎮定的樣子。

老人星¹

人間名宿²如台斗³，南極分躔⁴萬戶臨。

頌起升恆同四月，靈光四射五雲⁵深。

【今注】

¹ 老人星：又稱壽星、南極老人星，在中國文化中其被視為象徵國泰民安的吉
　 星，常與福星、祿星，並稱三星。
² 名宿：有名的飽學之士。
³ 台斗：比喻宰輔重臣。「台」，三台星，「斗」，北斗星。杜甫〈送重表侄王
　 砅評事使南海〉：「及乎貞觀初，尚書踐台斗。」
⁴ 躔：天體的運行。
⁵ 五雲：五色瑞雲，為吉祥的徵兆。韋應物〈長安道〉：「博山吐香五雲散。」

紅葉¹

青山斷處²白雲庵³，落木⁴蕭蕭秋又三⁵。

除却喬松⁶能本色⁷，殘紅為雨下江南。

【今注】

¹ 紅葉：槭、楓等樹葉，秋天時顏色變為紅色，故有此稱。元稹〈追昔遊〉：
　 「再來門館唯相弔，風落秋池紅葉多。」
² 斷處：不延續的地方。朱長文〈望中有懷〉：「白雲斷處見明月，黃葉落時聞
　 擣衣。」

白雲庵：道教有許多道觀都名為白雲庵，如祁志誠〈題白雲庵〉：「仙舘問云
居甚處，白雲庵近白雲樓。」此借指道觀。

⁴ 落木：落葉。杜甫〈登高〉：「無邊落木蕭蕭下，不盡長江滾滾來。」

⁵ 秋又三：指秋天的第三個月，即農曆九月。白行簡〈李都尉重陽日得蘇屬國
書〉：「三秋異鄉節，一紙故人書。」

⁶ 喬松：高大的松樹。蘇軾〈中隱堂詩〉之四：「已伴喬松老，那知故國遷。」

⁷ 本色：本來面貌。黃庭堅〈姨母李夫人墨竹〉之二：「榮榮枯枯皆本色。」

紅葉

杜鵑¹血染徧珊溫疎²感不堪。

未忍掃他供³煮酒，鋪金路入紫雲庵。

【今注】

¹ 杜鵑：屬於杜鵑花科的多年生常綠灌木，花多為紅色，可供觀賞。梅堯臣〈依
韻和寒食偶書〉：「繫聰烏臼樹，燒眼杜鵑花。」

² 蕭疎：清冷疏散、稀稀落落的。

³ 供：給予。

紅葉

詞人景漫¹艷²江南，臺嶠³風光⁴試一探。

萬樹丹楓山萬里，彩霞到處蔚⁵遙嵐⁶。

【今注】

¹ 漫：遍布的、充滿的。

² 艷：光彩。潘岳〈笙賦〉：「爤熠爚以放豔，鬱蓬勃以氣出。」

⁴ 風光：風景、景物。楊萬里〈曉出淨慈寺送林子方〉：「畢竟西湖六月中，風光不與四時同。」

⁵ 蔚：盛大貌。

⁶ 遙嵐：遙繞於山中的霧氣。

紅葉

胭脂嶺¹外霜痕²重，碎錦坊³前夕照酣⁴。

恰似好花開爛漫⁵，秋三人誤是春三⁶。

【今注】

¹ 胭脂嶺：指滿山紅葉，如同抹上胭脂的山嶺。

² 霜痕：霜色。李賀〈宮娃歌〉：「寒入罘罳殿影昏，彩鸞簾額著霜痕。」

³ 碎錦坊：指到處飄落的紅葉，讓里巷猶如佈滿了細碎的錦緞。

⁴ 酣：濃、盛。崔融〈和宋之問寒食題黃梅臨江驛〉：「遙思故園陌，桃李正酣酣。」

⁵ 爛漫：色彩鮮麗。

⁶ 春三：指春天的第三個月，即暮春。姚鼐〈乙未春出都留別同館諸君〉：「三春紅藥熏衣上，兩度槐黃落硯前。」

新秋

乳姑山¹色漾²池清，過雁³初聞雲裡聲。

天氣已涼人不困⁴，如何宋玉⁵反悲生。

1. 乳姑山：山名，位於桃園縣龍潭鄉。
2. 漾：水波搖動貌。
3. 過雁：南飛的鴻雁。李清照〈蝶戀花〉：「好把音書憑過雁，東萊不似蓬萊遠。」
4. 困：疲倦、疲乏。
5. 宋玉：戰國時楚人，又名子淵，著名的辭賦家。宋玉〈九辯〉開篇為「悲哉秋之為氣也，蕭瑟兮草木搖落而變衰。」所以後人常以宋玉為悲秋懷志的代表人物。

新秋

眼前物競[1]閱[2]枯榮[3]，容易[4]西風百態生。

我有美人遲暮[5]感，玉關[6]柳色不勝情。

【今注】

1. 物競：互相競爭。張素〈次韻答鈍根〉：「自得風流忘物競，不求寂滅是居安。」
2. 閱：經歷。韋應物〈山行積雨歸途始霽〉：「始霽升陽景，山水閱清晨。」
3. 枯榮：盛衰。李白〈樹中草詩〉：「如何同枝葉，各自有枯榮。」
4. 容易：輕易、隨便。晏殊〈玉樓春・春恨〉：「綠楊芳草長亭路，年少拋人容易去。」
5. 美人遲暮：比喻年華老去，盛年不再。屈原〈離騷〉：「惟草木之零落兮，恐美人之遲暮。」
6. 玉關：即玉門關，兩漢時期通往西域的關隘。李白〈胡無人〉：「天兵照雪下玉關，虜箭如沙射金甲。」

釣臺[1]

山輝水媚富春阿[2]，片石[3]千秋[4]獨不磨。
卅六勳名[5]一清節[6]，雲臺高並兩峩峩[7]。

【今注】

[1] 釣臺：指東漢隱士嚴光垂釣之處，故址在今浙江省桐廬市西十五公里的富春山上。事見《後漢書・逸民傳》。

[2] 富春阿：富春山的山坡。

[3] 片石：孤石，一塊石頭。李頎〈題璿公山池〉：「片石孤峯窺色相，清池皓月照禪心。」

[4] 千秋：千年的時間，此指歲月長久。李陵〈與蘇武〉之：「二嘉會難再遇，三載為千秋。」

[5] 勳名：功名。蘇舜欽〈春日感懷〉：「望國勳名晚，傷時歲月飛。」

[6] 清節：高潔的節操。陶潛〈詠貧士〉之五：「至德冠邦閭，清節映西關。」

[7] 峩峩：山勢高大陡峭。

老將[1]

不同紙上肆兵談，六出祁連[2]榆塞[3]三。
莫笑頹唐[4]無用處，難封李廣[5]亦何堪。

【今注】

[1] 老將：指具有豐富征戰經驗的強領。王維〈隴頭吟〉：「關西老將不勝愁，駐馬聽之雙淚流。」

[2] 六出祁連：「祁連」，山名，位於甘肅省張掖縣西南，為中國邊塞詩中常出現

的地名。六次出戰祁連，喻其征戰經驗之多。

3　榆塞：泛指邊塞，《漢書・韓安國傳》：「後蒙恬為秦侵胡，辟數千里，以河為竟。累石為城，樹榆為塞，匈奴不敢飲馬於河。」

4　頹唐：委靡不振。劉義慶《世說新語・容止》：「李安國頹唐如玉山之將崩。」

5　李廣：人名，隴西成紀（今甘肅省秦安縣北）人。善騎射，為西漢著名的將領。王維〈老將行〉：「衛青不敗由天幸，李廣無功緣數奇。」

老將

大敵當前[1]思猛士[2]，將軍老矣又誰堪。
師旗[3]遙指居庸[4]外，牧馬胡人[5]不敢南。

【今注】

1　大敵當前：面臨威脅極大的敵人，形容當前局勢十分緊急。劉鶚《老殘遊記・續集》：「大敵當前，全無準備，取敗之道，不待智者而決矣。」

2　猛士：勇敢有力的人。劉邦〈大風歌〉：「安得猛士兮守四方？」

3　師旗：軍旗。

4　居庸：位於河北省昌平縣西北的關口，為長城的要隘。

5　胡人：古代漢族王朝對北方異族及西域各民族的稱呼。李白〈觀胡人吹笛〉：「胡人吹玉笛，一半是秦聲。」

老將

從容[1]坐鎮將軍府，百戰歸來台解驂[2]。
漫笑[3]頹唐今老矣，國家大事尚肩担。

【今注】

1 從容：悠閒舒緩。范成大〈詠河市歌者〉：「豈是從容唱渭城，箇中當有不平鳴。」

2 解驂：解下車旁的馬。王安石〈到舒州次韻答平甫〉：「夜別江船曉解驂，秋城氣象亦潭潭。」

3 漫笑：隨意的笑。

老將

鬚髯[1]如戟[2]髮毿毿[3]，十萬橫軍尚一堪。

細認瘢痕[4]經百戰，誰知南八[5]是奇男。

【今注】

1 鬚髯：髭鬚多而直。楊萬里〈湖天暮景〉：「琱碎肝脾只坐詩，鬚髯成雪鬢成絲。」

2 戟：武器名。戈和矛的合體，兼有勾、啄、撞、刺四種功能。陸游〈戰城南〉：「馬前嘔咽爭乞降，滿地縱橫投劍戟。」

3 毿毿：頭髮披散的樣子。蘇轍〈和子瞻過嶺〉：「手挹祖師清淨水，不嫌白髮照毿毿。」

4 瘢痕：瘡癤及傷口癒合後在皮膚上遺留的痕跡。黃庭堅〈次韻感春〉之三：「一朝被潚祓，吹毛見瘢痕。」

5 南八：人名，即南霽雲。唐代魏州頓丘（今河南省清豐縣）人，因排行第八，故人稱「南八」。安史之亂時，屢建奇功，後隨張巡守睢陽，城破被俘，不屈而死。

老將

廉李¹居然今益壯，如臣善飯亦何慙²。

裹屍³未遂⁴平生志，百戰⁵歸來尚一堪。

【今注】

1. 廉李：指廉頗、李廣，二者皆是中國著名之將領。
2. 慙：同「慚」，羞愧。
3. 裹屍：原為包裹屍體，此借指戰死沙場。語出《後漢書·馬援傳》：「男兒要當死於邊野，以馬革裹屍還葬耳。」
4. 未遂：未能達成。梅堯臣〈送楊浩秘丞入蜀〉：「志願且未遂，而趨蜀道難。」
5. 百戰：多次戰爭。

擲筊¹

瑤階²聲徹玉玲瓏，願卜由來各不同。

可否陰陽憑一擲，是何大事決神工³。

【今注】

1. 擲筊：一種占卜方法。在神像前投擲兩片蚌形器具，視其俯仰以斷定事情的吉凶。
2. 瑤階：原指玉製的臺階，此為臺階的美稱。崔顥〈七夕〉：「長信深陰夜轉幽，瑤階金閣數螢流。」
3. 神工：神明。

擲筊

稽首¹階前瀆²聖聰³，愚夫愚婦⁴竭微衷⁵。

勸君莫誤陰陽筊⁶，禍福因人召不同。

【今注】

1. 稽首：古時的一種跪拜禮，叩頭至地，是九拜中最恭敬的。陸游〈遊僊〉：「應有世人遙稽首，紫簫餘調落雲間。」
2. 瀆：輕慢。
3. 聖聰：原是舊稱帝王明察，此借指神明明察。
4. 愚夫愚婦：普通的老百姓。泛稱無知的男女。《書經·五子之歌》：「予視天下愚夫愚婦，一能勝予。」
5. 微衷：微誠。
6. 陰陽筊：祭祀卜卦時，兩只都平面向上，稱為「陽筊」；擲下的兩只杯筊平面均朝下的情況，稱為「陰筊」。

雷

前山隱隱¹送清晨，盡日²人懷雨澤³新。

莫負雲霓⁴空望切，雌雄電閃繞金輪⁵。

【今注】

1. 隱隱：雷聲。崔駰〈東巡頌〉：「天動雷震，隱隱轔轔。」
2. 盡日：整天。陸游〈對酒〉：「流鶯有情亦念我，柳邊盡日啼春風。」
3. 雨澤：雨水。高適〈酬龐十兵曹〉：「雨澤感天時，耕耘忘帝力。」
4. 雲霓：雲與虹。為下雨的徵象。宋昱〈樟亭觀濤〉：「雷震雲霓裏，山飛霜雪

中。」

金輪：太陽。陳允平〈掃花游・雷峰落照〉：「看倒影金輪，遡光朱戶。」

雷

曾傳失箸[1]震驚人，魅穴驅除信有神。

此是代天施號令[2]，發聲莫竟說無因[3]。

【今注】

[1] 失箸：三國時劉備進食時，聽到曹操說：「今天下英雄，唯使君與操耳。」大吃一驚，筷子遂掉落落地上，此時正逢雷雨，劉備乃託言是因打雷受到驚嚇。事見《三國志・先主傳》。
[2] 號令：傳呼命令。
[3] 無因：沒有原因。陸游〈詩酒〉：「周旋日已久，棄去終無因。」

秋月

勝事[1]紅綾舊擅名，香飄丹桂有餘榮。

于今冷却寒儒[2]夢，莫向西風訴不平。

【今注】

[1] 勝事：美好的事情。杜甫〈不離西閣〉之二：「平生耽勝事，吁駭始初經。」
[2] 寒儒：貧寒的讀書人。歐陽修〈讀書〉：「吾生本寒儒，老尚把書卷。」

秋月

為愛秋空弄夜晴，獨看虧後善持盈[1]。

纖雲[2]滯雨休相妒，且放光明滿太清[3]。

【今注】

[1] 持盈：原指保守成業，此指明月常保圓滿。

[2] 纖雲：微雲。元稹〈松鶴〉：「日色相玲瓏，纖雲映羅幕。」

[3] 太清：天空。蘇軾〈謝人送墨〉：「墨月黳雲脫太清，海風吹上筆頭輕。」

春曉

柳外鶯兒弄好歌，曉光[1]微漏逗吟窩。

騷人[2]早覺繁華夢，獨擁梅花破睡魔。

【今注】

[1] 曉光：清晨的日光。楊萬里〈不寐〉：「等待曉光媾好句，曉光未白句先成。」

[2] 騷人：泛指憂愁失意的文士、詩人。蘇軾〈宿望湖樓再和〉：「騷人故多感，悲秋更慘慄。」

夢蘭

好夢同酣九畹[1]秋，三星[2]在戶抱衿裯。

香飄王者花璀璨，瑞兆[3]宜男公與侯。

夢蘭

不同蘧栩化莊周[1]，九畹香飄汝汝秋。

卻羨閨人溫好夢，瓊枝[2]璧月[3]滿芳洲。

【今注】

1 莊周：人名，戰國時宋國蒙人，此處用「莊周夢蝶」之典，莊周在夢中幻化為
　蝴蝶，在天地間遨遊，逍遙自在。事見《莊子‧齊物論》。

2 瓊枝：喻嘉樹美卉。元好問〈同漕司諸人賦紅梨花〉二：「瓊枝玉蘂靜年芳，
　知是何人與點粧。」

2 璧月：月圓如璧。張耒〈懷金陵〉之二：「璧月瓊枝不復論。」

夢蘭

王香馥郁入懷幽，並蒂花開[1]栩栩[2]秋。

不似魂安空入夢，居然兒貴足封侯[3]。

【今注】

1 並蒂花開：指兩朵花並排長在同一枝莖上，喻夫婦恩愛，為結婚之祝詞。

2 栩栩：形容生動可喜的樣子。

3 封侯：封拜侯爵，喻有顯赫功名。范成大〈邯鄲道〉：「困來也作黃粱夢，不
　夢封侯夢石湖。」

雁影

翛然[1]快高舉，爪雪度龍城[2]。塞上秋初霽，衡陽[3]月正明。

排空雨片片，寫照水盈盈。戢影[4]穹廬[5]外，飛難感子卿[6]。

【今注】

1. 翛然：毫無牽掛、自由自在的樣子。陸游〈晨雨〉：「清晨一雨便翛然。」
2. 龍城：地名，匈奴祭天之處。王昌齡〈出塞〉：「但使龍城飛將在，不教胡馬度陰山。」
3. 衡陽：地名，位於湖南省，為江南之地。
4. 戢影：隱匿蹤跡。
5. 穹廬：原指匈奴所住的氈帳，中央隆起，四周下垂，形狀似天，此喻天空。
6. 子卿：指蘇武，字子卿，漢武帝時出使匈奴，單于脅降，不屈，留於胡地十九年，仍持漢節。漢昭帝時，匈奴與漢和親，始得還家。王維〈李陵詠〉：「引領望子卿，非君誰相理。」

雁影

高舉鵾鵬[1]路，成群字遠征。三湘[2]秋水闊，一字暮山橫。

帶月悠悠去，如雲漠漠輕。隨形千里外，顧盼[3]若為情。

【今注】

1. 鵾鵬：指鯤和鵬，莊子所假託的大魚大鳥，喻至大之物。事見《莊子·逍遙遊》。
2. 三湘：泛指湘江流域及洞庭湖地區。
3. 顧盼：觀看。黃庭堅〈次韻曾都曹喜雨〉：「地厭焚惔極，天回顧盼中。」

東寧橋[1]

聞說橋成費萬錢，民無病涉是誰賢。

甘邱二子[2]多勞甚，玉帶[3]雙垂首倡捐。

【今注】

[1] 東寧橋：位於新竹縣竹東鎮，建造於大正十年（1921），為石造拱橋，橋上有
雕琢精美的十二支雕柱。

[2] 甘邱二子：甘指甘承宗，竹東地區仕紳，是興建東寧橋樂捐發起人之一，他拋
磚引玉，捐獻五百元，當時物價約值五萬斤白米。邱氏指涉對象不明。

[3] 玉帶：古時官員腰間所佩的玉飾帶子。

東寧橋

筆峰之下崠[1]山圓，橋外梅花開雪妍。

我擬騎驢來又去，銷魂[2]生想累嬋娟[3]。

【今注】

[1] 崠：客家話把凸出的山尖稱為「崠」。

[2] 銷魂：形容歡樂到極點，彷彿魂魄離開身體。

[3] 嬋娟：姿態美好貌。

東寧橋

竹東[1]同景更增妍，何日從來訪二泉。

掛柱東寧橋畔立，倚欄好供吟啼鵑[2]。

【今注】

[1] 竹東：地名，位於新竹縣。

[2] 啼鵑：杜鵑啼鳴。

秋桃

憑君點綴秋容好，十里溪山景色融。

解避穠春[1]爭豔冶[2]，息媯[3]空自怨東風。

【今注】

[1] 穠春：花木繁盛的春日。

[2] 豔冶：妖嬌豔麗。庾肩吾〈長安有狹斜行〉：「少婦多豔冶，花鈿繫石榴。」

[3] 息媯：即息夫人，傳說其為桃花女神。王安石〈海棠〉：「輕輕飛燕舞，脈脈息媯言。」

秋桃

碧玉峰前碧玉[1]叢，幾經開落傲秋風。

行人莫問何來種，種在仙源[2]便不同。

1 碧玉：指秋桃青綠如玉。
2 仙源：道教稱神仙所住之地。孟浩然〈梅道士水亭〉：「水接仙源近，山藏鬼
谷幽。」

秋桃

穠華[1]醒卻三春夢，開放偏從七月中。

一片秋心[2]人不識，淡隨黃菊隱籬東。

1 穠華：繁盛的花朵。晁補之〈行路難和鮮于大夫子駿〉：「穠華紛紛白日暮，
紅顏寂莫無留芳。」
2 秋心：秋日的心緒。多指因秋來而引起的悲愁心情。張耒〈飛螢詞〉：「翠屏
玉簟起涼思，一點秋心從此生。」

社鼠[1]

曾向官倉[2]偷玉粒[3]，又從郊社[4]齧瑤函[5]。

神猶受虐人何況，誅藉天鑱[6]作短鑱。

1 社鼠：以土地廟為窩的老鼠，喻憑藉權勢，為非作歹的惡人。事見劉向《說苑‧
善說》。
2 官倉：放公糧的地方。曹鄴〈官倉鼠〉：「官倉老鼠大如斗，見人開倉也不
走。」
3 玉粒：米粒。蘇軾〈清遠舟中寄耘老〉：「今年玉粒賤如水，青銅欲買囊已
虛。」

社鼠

飲河[1]不逐[2]清流[3]去，作惡[4]偏污廟貌[5]嚴[6]。

受害幾多無吉者，謂予不信神算[7]監[8]。

【今注】

1 飲河：原指喝水，後喻人所需有限，要知足，忌貪多。事見《莊子・逍遙
   遊》：「偃鼠飲河，不過滿腹。」
2 逐：跟隨。楊發〈殘花〉：「暖芳隨日薄，殘片逐風迴。」
3 清流：指清澈的水流，後喻品性清高的士大夫。《晉書・劉毅傳》：「故能令
   義士宗其風景，州閭歸其清流。」
4 作惡：為非作歹，做壞事。《初刻拍案驚奇》：「積善之家必有餘慶，作惡之
   家必有餘殃。」
5 廟貌：神佛屋舍的外觀。
6 嚴：肅穆、端莊。《詩經・六月》：「有嚴有翼，共武之服。」
7 神算：原意為精確推算，此作為一掌管、推算命運的官署。
8 監：古代官署名稱，如欽天監、秘書監。

社鼠

穿墉[1]巧向神宮[2]裡，鍬劍[3]空呼莫削劓[4]。

卻怪有人偏似汝，泰山[5]笑恃勢嚴巖[6]。

1 墉：高牆。《詩經・行露》：「誰謂鼠無牙，何以穿我墉？」

2 神宮：指祭祀神明或祖先的地方。《詩經・雲漢》：「不殄禋祀，自郊徂
　 宮。」鄭玄箋：「宮，宗廟也。」

3 鍬劍：形狀像鍬的劍。

4 削劓：刻削、雕鑿之意。〈贈日新禪師〉：「大朴本無痕，巧者強削劓。」

5 泰山：山名，喻負有聲望、為世人所景仰之人。《新唐書・韓愈傳》贊曰：
　 「自愈沒，其言大行，學者仰之如泰山、北斗云。」

6 巖巖：指高聳之意，此暗喻有力的靠山。《詩經・南山》：「節彼南山，維石
　 巖巖。」亦有威嚴之意。《世說新語・容止》：「嵇叔夜之為人也，巖巖若孤
　 松之獨立。」

社鼠

灌薰¹苦愗²偏無法，枕伏郊壇³總異凡。

寄語飲河須戢影⁴，前山流絕是梅嵒⁵。

【今注】

1 薰：以火灼炙、燒灼。潘岳〈馬汧督誄〉：「將穿響作內焚櫳火薰之，潛氐殲
　 焉。」

2 愗：「愗」同「瞀」，愚昧無知之意。《荀子・儒效》：「其愚陋溝瞀而冀人
　 之以己為知也。」

3 郊壇：古代天子祭祀天地的地方。高適〈過盧明府有贈〉：「明日復行春，逶
　 迤出郊壇。」

4 戢影：又作「戢景」，指伏藏不出之意。傅咸〈螢火賦〉：「當朝陽而戢景
　 兮，必宵昧而是征。」

5 梅嵒：「嵒」同「巖」，種有梅樹的山崖。李光庭《鄉言解頤・雜物十事》：
　 「卻憶雪天驢背客，吟肩穩護望梅巖。」

畫虎

山君[1]雄猛名于世，潑墨窗前撮[2]爾形。

漫笑不成偏類狗，須知筆仿寫心經。

【今注】

[1] 山君：指老虎。中國人以虎為山獸之長，故有此稱。《說文·虎部》：「虎，
山獸之君。」

[2] 撮：摘取。

畫虎

前者畫龍飛破壁[1]，空山騰躍起雷霆[2]。

此日狀君休傅翼，恐教為害遍鯤溟[3]。

【今注】

[1] 畫龍飛破壁：南北朝時張僧繇善畫，曾在金陵安樂寺的牆壁上，畫了四條龍，
其中兩條一經點睛後，雷電大作，龍具有了生命，破壁飛上天去。事見張彥遠
《歷代名畫記》。

[2] 雷霆：喻雷聲震震，驚動九天。

[3] 鯤溟：指臺灣。

五津

春粧

紫陌¹看花去，相逢意也消。幾時初上髻²，一昨記垂髫³。
笑靨⁴桃爭艷，畫眉⁵柳妒嬌。妝成京樣好，小影倩⁶誰描。

【今注】

1 紫陌：原指京師郊野的道路，此處應只用郊野之意。岑參〈奉和中書舍人賈至早朝大明宮〉：「雞鳴紫陌曙光寒，鶯囀皇州春色闌。」

2 上髻：把頭髮盤起來，此處以髻和髫比喻花含苞與綻放兩種型態。

3 垂髫：古代的童子不束髮，所以稱「垂髫」。陶淵明〈桃花源記〉：「黃髮垂髫，並怡然自樂。」

4 笑靨：笑時臉上的微渦。

5 畫眉：以眉筆修飾眉毛。朱慶餘〈近試上張籍水部〉：「畫眉深淺入時無。」

6 倩：請人代為做事。

四知台¹

山水清幽處，危台²尚幾層。燈明金闕³日，鑑倚王池水。
烏府⁴凌朱博⁵，龍門⁶傲李膺⁷。何人表高節，四顧獨崢嶸⁸。

【今注】

1 四知台：台名，又名辭金台，在山東省萊州市境內。此用楊震「夜畏四知」之典，楊震是東漢人，曾有人夜送黃金給他，告訴他：「暮夜無知者。」楊震回

答：「天知，神知，我知，子知。何謂無知！」事見《後漢書・楊震傳》。
2　危台：高台。
3　金闕：指天子所居的宮闕。
4　烏府：御史府的別稱。
5　朱博：人名，西漢人，字子陵，生性廉儉，不好酒色游宴。其為御史時，府中有柏樹，樹上有烏鴉，故後來以柏台、烏府稱御史衙門。事見《漢書・朱博傳》。
6　龍門：比喻德高望重之人。
7　李膺：人名，東漢人，字元禮，為人正直，反對宦官專權，致力於糾劾奸佞，是太學生稱頌的「天下楷模」，當時人以被李膺接待過為榮，視為「登龍門」。事見《後漢書・李膺傳》。
8　崢嶸：原指山勢高峻突出的樣子，此喻人品出眾，風骨奇高。

四知台

危欄[1]崢空際，我每臥遊憑。劇郡[2]山川古，當門水木微。

潔宜潔吏處，峻拒劣紳登。徒倚思夫子，風高世莫陵。

【今注】

1　危欄：高欄。李商隱〈北樓〉：「此樓堪北望，輕命倚危欄。」
2　劇郡：大郡，政務繁劇的州郡。

七津

落花

故枝¹香尚戀餘輝²，惹草沾泥逐絮飛。
小院風迴春寂寂³，高樓客去雨霏霏⁴。
長安得意初看後，南陌⁵消魂正緩歸。
漫道無情趁流水，東皇⁶已去欲何依。

【今注】

1 故枝：舊的枝條。陸游〈感秋〉：「畫堂蟋蟀怨清夜，金井梧桐辭故枝。」
2 餘輝：殘留的光輝。歐陽修〈夕照〉：「夕照留歌扇，餘輝上桂叢。」
3 寂寂：形容寂靜。蘇軾〈無題〉：「春風寂寂夜寥寥，一望蒼苔雪影遙。」
4 霏霏：雨盛貌。韋莊〈清平樂〉：「細雨霏霏梨花白。」
5 南陌：南面的道路。王安石〈謁金門〉：「春又老。南陌酒香梅小。」
6 東皇：司春之神。戴叔倫〈暮春感懷〉：「東皇去後韶華在，老圃寒香別有
   秋。」

落花

枝頭空覓返魂香，却費春陰乞綠章。
委地¹環肥還燕瘦²，終宵雨橫又風狂。
鷓鴣³聲斷黃陵廟⁴，蛺蝶魂消碎錦坊。
莫向南朝賡⁵樂府，歌殘玉樹慟吟腸。

【今注】

1 委地：散落於地。白居易〈長恨歌〉：「花鈿委地無人收。」
2 環肥還燕瘦：原指女子形態不同，各有各好看的地方。此借各式各樣的花朵。
3 鷓鴣：鳥名，產於中國南方的一種禽鳥，形似母雞，頭如鶴鶉，背腹部有黑白兩色交雜。鷓鴣聲啼鳴悲切，多出現於暮春。尤侗〈聞鷓鴣〉：「鷓鴣聲裡夕陽西，陌上征人首盡低。遍地關山行不得，為誰辛苦盡情啼？」
4 黃陵廟：廟宇名，位於今湖北省宜昌縣之黃牛峽，初建於春秋，原名黃牛廟，三國時諸葛亮出兵入蜀，途經此廟，曾作〈黃牛廟記〉，歐陽修任夷陵縣令時，將黃牛廟更名為黃陵廟，又作〈黃陵廟記〉。
5 賡：抵償。

落花

桃葉桃根[1]總愴神[2]，夕陽隝[3]上又何人。

迷離香夢蕭蕭影，小劫繁華嫋嫋[4]身。

不墜溷[5]應開傍水，早辭枝是易傷春。

一年一度來還去，莫向東風怨不辰[6]。

【今注】

1 桃葉桃根：原指名為桃葉與桃根的美麗女子，此借指落花。李商隱〈燕臺〉之四：「當時歡向掌中銷，桃葉桃根雙姐妹。」。
2 愴神：傷心。陸遊〈夜登千峰榭〉：「危樓插鬥山銜月，徙倚長歌一愴神。」
3 隝：同「塢」，位於水邊，可以停船或修造船隻的地方。
4 嫋嫋：形容輕盈柔弱的樣子。
5 溷：廁所，此借指污穢之地。
6 不辰：不得其時。文天祥〈六歌〉：「我生我生何不辰，孤根不識桃李春。」

古鏡

自從軒后[1]鍊青銅[2]，閱盡興亡一鑑[3]空。

五尺辨形移晉室，千年照膽[5]失秦宮。

寒光炯炯[5]愁魑魅[6]，幻影[7]紛紛愧鶴蟲[8]。

皎月當中神貌合，對人獨抱古來風。

【今注】

[1] 軒后：即黃帝軒轅氏。魏徵〈奉和正日臨朝應詔〉：「百靈侍軒後，萬國會塗
山。」

[2] 鍊青銅：黃帝嘗取首山銅，鑄造銅鼎於荊山下，藉此象徵天、地、人。事見
《史記・封禪書》。

[3] 鑑：鏡子。《莊子・德充符》：「鑑明則塵垢不止。」

[4] 千年照膽：傳說劉邦攻入咸陽宮時，得一方明鏡，它能照見人的五臟六腑，也
能鑑別人心的正邪。事見葛洪《西京雜記》。庾信〈鏡賦〉：「鏡乃照膽照
心，難逢難值。」

[5] 炯炯：明亮。陸游〈夙興〉：「出定窗已白，炯炯寒日昇。」

[6] 魑魅：山林間害人的精怪，其形為人面獸身四足，好魅惑人，為山林異氣所
生。杜甫〈天末懷李白〉：「文章憎命達，魑魅喜人過。」

[7] 幻影：虛幻不真實的影像。

[8] 鶴蟲：傳說周穆王南征時，一軍盡化，君子為猿為鶴，小人為蟲為沙。事見葛
洪《抱朴子》。

枯樹

莫向秋風寄恨聲，循環[1]理自歷枯榮[2]。

暮禽[3]縱失供棲止，朝菌[4]猶堪託死生。

後死憐渠[5]雙斧在，前身剩爾一琴清。

早知摧拉[6]樵青手，合載宣尼[7]海上行。

【今注】

[1] 循環：事物周而復始、往復相承的運轉或變化。陸游〈贈燕〉：「四序如循環，萬物更盛衰。」

[2] 枯榮：盛衰。梅堯臣〈飲酒呈鄰幾原甫〉：「晝夜自顯晦，冬春自枯榮。」

[3] 暮禽：日暮的歸鳥。楊萬里〈新寒〉：「暮禽差慰眼，不作一行歸。」

[4] 朝菌：朝生暮死的菌類。《莊子‧逍遙遊》：「朝菌不知晦朔，蟪蛄不知春秋，此小年也。」

[5] 渠：他，指第三人稱。楊萬里〈郡圃杏花〉：「海棠穠麗梅花淡，匹似渠儂別樣奇。」

[6] 摧拉：摧毀。

[7] 宣尼：漢平帝元始元年追諡孔子為襃成宣尼公，後因稱孔子為宣尼。蘇軾〈出峽〉：「宣尼古廟宇，叢木作幃帳。」

枯樹

寂寂空山[1]老一生，風霜[2]飽受氣縱橫。

遠波自寫珊瑚[3]采，野燒惟餘若木[4]精。

抒感獨吟韓吏部[5]，寄愁却賦庾蘭成[6]。

可憐高舉拏雲[7]臂，也付紛紛蟻陣爭。

【今注】

[1] 空山：幽深少人的山林。王維〈鹿柴〉：「空山不見人，但聞人語響。」
[2] 風霜：風和霜。王安石〈石竹花〉：「風霜不放飄零早，雨露應從愛惜偏。」
[3] 珊瑚：原是珊瑚蟲在暖海中結合營生，所分泌的石灰質骨骼。因其形分歧如樹枝，故以此喻枯樹。
[4] 若木：古代傳說中長在日落地方的樹木。楊萬里〈南海東廟浴日亭〉：「日從若木梢頭轉，湖到占城國裏回。」
[5] 韓吏部：即韓愈（768-824），字退之，河陽（今河南省孟縣）人，晚年任吏部侍郎，因而稱韓吏部。他的散文眾體兼備，為唐宋古文八大家之首。
[6] 庾蘭成：即庾信（513-581），字子山，小字蘭成，南陽新野人（今河南省），庾信的駢文與駢賦，在南北朝時期與鮑照並稱。納蘭性德〈蝶戀花〉：「蕭瑟蘭成看老去，為怕多情，不作憐花句。」
[7] 拏雲：猶如凌雲，比喻志向遠大。李賀〈致酒行〉：「少年心事當拏雲，誰念幽寒坐嗚呃。」

枯樹

曾記濃陰拂翠流，虛心¹枉為蔭人謀。

難回春色臨官道²，莫送煙姿入遠樓。

抱鶴枝殘猶掛日，含蟬葉盡不知秋。

大材³自向空山老，不遇良工我亦愁。

【今注】

¹ 虛心：謙虛、不自大。秦觀〈墨竹〉：「挺然葉節抱風孤，頓應君子虛心受。」

² 官道：公家修築的道路，大路。白居易〈西行〉：「官道柳陰陰，行宮花漠漠。」

³ 大材：才能出眾的人。黃庭堅〈次韻文潛〉：「天生大材竟何用，只與千古拜圖像。」

枯樹

庾信西風感故園¹，幾株消盡遠山魂。

回春空自移泉脈²，掛壁空留囓石根³。

百鍊風霜心不改，幾經日月節猶存。

雲林⁴一幅生枯筆，寫入江南⁵落葉村。

【今注】

¹ 故園：舊日的家園。蘇軾〈柏〉：「故園多珍木，翠柏如蒲葦。」

² 泉脈：地下伏流的泉水，因類似人體脈絡，故有此稱。陸游〈誰家無泉源〉：

「泉聲百步聞，泉脈高下通。」

3 石根：岩石的底部。陳師道〈野望〉：「地勢傾崖口，風濤齧石根。」

4 雲林：元代畫家倪瓚的別號。納蘭性德〈憶江南〉：「江南好，真箇到梁溪。一幅雲林高士畫，數行泉石故人題。」

5 江南：長江以南，指南方。陸游〈南沮水道中〉：「家山空悵望，無夢到江南。」

枯樹

歷落孫枝繼好春，茫茫絮果[1]又蘭因[2]。

幾竿僅見旋蘇竹，千歲空聞不老椿[3]。

漫道黃楊偏阨閏[4]，那堪玉樹總成塵。

婆娑[5]生意看垂盡，珍重當時種爾人。

【今注】

1 絮果：喻離散的結局。

2 蘭因：喻美好的結合。張潮《虞初新志》：「蘭因絮果，現業誰深？」

3 不老椿：不會老去的長壽之木。《莊子・逍遙遊》：「上古有大椿者，以八千歲為春，八千歲為秋。」

4 黃楊偏阨閏：舊說謂黃楊遇閏年不長，因以「阨閏」喻指境遇艱難。蘇軾〈監洞霄宮俞康直郎中所居退圃〉：「園中草木春無數，只有黃楊阨閏年。」

5 婆娑：形容盤旋舞動的樣子。陸游〈遣興〉：「綠髮凋零白髮多，山林未死且婆娑。」

枯樹

攀爾藤蘿¹也自危，紛紛²得失總如斯。

繁陰散盡風前葉，刼火燒餘雪外枝。

二月春雷留傲骨³，一灣流水失清姿。

渠渠⁴夏屋需樑棟，惆悵將軍負腹⁵時。

【今注】

1 藤蘿：紫藤的通稱。黃庭堅〈同孫不愚過昆陽〉：「古廟藤蘿穿戶牖，斷碑風雨碎文章。」

2 紛紛：一個接一個。李白〈夢遊天姥吟留別〉：「霓為衣兮風為馬，雲之君兮紛紛而來下。」

3 傲骨：高傲不屈的風骨，此指枯樹。

4 渠渠：深廣貌。《詩經・權輿》：「於我乎，夏屋渠渠。」

5 負腹：被肚腹所辜負，指飽食而無智謀。此用宋代黨進「負腹將軍」之典，黨進嘗飽食之後撫肚，歎息說：「我不負汝。」身旁的人聽了，便說：「將軍固不負此腹，此腹負將軍，未嘗出少智慮也。」事見蘇軾〈聞子由瘦〉自註。

虎

班寅¹自昔號將軍，獨占窮荒²百獸尊。

乳氣³未除纔豹變⁴，雄威便欲把牛吞。

雷音⁵嘯谷風迴壑，星目⁶分林月黑村。

儘有咆哮⁷殘毒在，那堪剪紙又招魂。

1 班寅：唐宣宗年間，嘗有人在夜間吟讀，有人扣門，乃是南山班寅將軍請見，後方知是虎精所化。後遂以班寅將軍為虎之代稱。事見裴鉶《傳奇》。
2 窮荒：邊荒之地。
3 乳氣：奶腥氣。白居易〈阿崔〉：「乳氣初離殼，啼聲漸變雛。」
4 豹變：像豹文般顯著的變化。
5 雷音：雷鳴般的聲音。杜牧〈杜秋娘〉：「雷音後車遠，事往落花時。」
6 星目：形容眼睛又圓又大。
7 咆哮：高聲大叫。蘇舜欽〈了語不了語〉：「乳虎咆哮落深阱，青萍一揮斷人頸。」

虎

秋風暮雨嘯荒城，氣性[1]驕乖孰敢攖[2]。

才子窮來偏繡像[3]，將軍老去獨標名[4]。

編鬚[5]却笑騎難下，附翼[6]端憐畫不成。

如此乾坤[7]蒼莽裏，紛紛餓口寄餘生。

【今注】

1 氣性：性情、脾氣。
2 攖：觸犯、挨近。《孟子·盡心》：「虎負嵎，莫之敢攖。」
3 繡像：用彩絲繡出圖像。
4 標名：題名。
5 編鬚：編織虎鬚。
6 附翼：添上翅膀。《韓非子·難勢》：「夫乘不肖人於勢，是為虎傅翼也。」
7 乾坤：天地。陸游〈夜讀東京記〉：「幅員萬里宋乾坤，五十一年讎未報。」

虎

夾道[1]覗[2]人正擇肥，山家[3]防範[4]柵空圍。

不沾善化[5]浮江渡，竟附流言[6]滿市飛。

倀鬼[7]自甘牛馬役，黠狐[8]況假爪牙威。

年來三害[9]君惟烈，誰射南山白額歸。

【今注】

[1] 夾道：沿著道路兩旁。蘇軾〈李氏園〉：「小橋過南浦，夾道多喬木。」

[2] 覗：看、探視。

[3] 山家：山野人家。陸游〈春老〉：「春色垂垂老，山家處處忙。」

[4] 防範：防備規範。

[5] 善化：教化。

[6] 流言：毫無根據的說法。

[7] 倀鬼：傳說中被老虎咬死的人所變成的鬼，其又成為老虎的幫兇，引虎去害人。

[8] 黠狐：俗謂狐狸狡黠，故有此稱。

[9] 三害：晉代周處少年時危害鄉里，時人把他同南山虎、長橋蛟並稱為「三害」。事見《晉書·周處傳》。

猿

生成踪跡[1]遠塵泥，雨過藤香互挈攜[2]。

我痛一軍隨鶴化[3]，客愁三峽[4]雜鵑啼。

碧山果熟承天惠[5]，紅樹枝寒抱月栖。

更向風泉騰踔[6]去，白雲深處自攀躋[7]。

1. 踪跡：行動所留下可供察覺的形跡。
2. 挈携：協助、扶持。
3. 鶴化：死去。
4. 三峽：瞿塘峽、巫峽、西陵峽的合稱。位於長江上游，介於四川、湖北兩省之間，長七百里，兩岸連山，絕無斷處，灘多水急，舟行甚險。蘇軾〈潤州甘露寺彈箏〉：「喚取吾家雙鳳槽，遣作三峽孤猿號。」
5. 天惠：上天的恩惠。
6. 騰踔：跳起、凌空。左思〈吳都賦〉：「狖鼯猓然，騰趠飛超。」
7. 攀躋：攀登。張耒〈登楚望北樓〉：「裊裊危樓百尺梯，秋風有客獨攀躋。」

猿

不知汝亦愁何事，是替人愁抑自愁。

兩岸聲連巴地[1]月，三更啼斷蜀門[2]秋。

北山受檄[3]應騰笑，南郭吹竽[4]更見羞。

誰解袁公[5]歸事去，石泉雲樹共優游。

【今注】

1. 巴地：古國名，在今四川省東部。元稹〈酬樂天東南行詩一百韻〉：「巴地溼如吳，氣濁星難見。」
2. 蜀門：山名，即劍門。在今四川省劍閣縣北。因山勢險峻，古為戍守之處。亦代稱蜀地。杜甫〈木皮嶺〉：「季冬攜童稚，辛苦赴蜀門。」
3. 北山受檄：「北山」即鍾山，在今江蘇省南京市東。「檄」是古代用於徵召、聲討等的官方文書。此用孔稚珪〈北山移文〉事，南朝周顒，長於佛理及老莊，隱於北山，後奉召出仕，期滿進京，路過鍾山。孔稚珪借山神之名，寫作移文，諷刺其是「身居江海之上，心存魏闕之下」的假隱士，拒絕周顒路過鍾山。

南郭吹竽：此用濫竽充數之典。齊宣王聽人吹竽，每次都三百人一起表演，南
郭處士不會吹竽，卻混入其中，後齊宣王死，潛王立，喜歡聽人單獨吹竽，南
郭處士就逃走了。事見《韓非子・內儲說》。

5 袁公：春秋時代越地有一女子，因劍術而廣受讚譽。越王因而派人請之，女子
將北上見王，在路途中遇見一老翁，自稱曰袁公，要求與女子比試，其後飛上
樹，變為一隻白猿。事見《吳越春秋・勾踐陰謀外傳》。

猿

是何伎倆¹善攀援，裊裊²騰身險復安。
禁着一心僧入定³，矯如雙臂將登壇⁴。
空山嘯月撩人淚，古木連雲帶子攢。
莫倚危枝輕躍躍，前林須慎避流彈⁵。

【今注】

1 伎倆：手段。
2 裊裊：形容物體柔軟且隨風擺動。
3 入定：佛教的一種修行方法，閉眼靜坐，控制思想，不起雜念。楊萬里〈雙峰
定水璘老送木犀香〉：「誰言定水禪，入定似枯木。」
4 登壇：登上壇場。
5 流彈：來源不明的彈丸。

五古

送沈梅岩[1]社友榮遷永靖[2]

置酒張高會[3]，送子兼送春。春去會有時，子去竟何因。
如何好請客，不住迴龍津[4]。去去員林[5]道，清風迴決塵。
官梅數遙驛，心不隔越秦[6]。明年春又至，願子歸結鄰。
敲詩擂社鼓，斯庵句述新。相期敦氣節[7]，來扶大雅輪。

【今注】

[1] 沈梅岩：人名，關西人，名火，字梅岩，曾任關西郵便局局長，為陶社社員，
邱筱園過世後，接任陶社社長。
[2] 永靖：地名，位於彰化縣。
[3] 高會：盛大的聚會。蘇軾〈禊亭〉：「曲池流水細鱗鱗，高會傳觴似洛濱。」
[4] 龍津：仕宦騰達之路。
[5] 員林：地名，位於彰化縣。
[6] 越秦：越國與秦國，比喻距離遙遠。
[7] 氣節：人的志氣與節操。陸游〈落梅〉：「雪虐風饕愈凜然，花中氣節最高
堅。」

附
錄

邱筱園詩作出處檢索表

詩題	首句	出處
桃花源	別開卅六洞中天	1.《漢文臺灣日日新報》1907年3月15日第一版藝苑，《臺灣日日新報》1907年3月15日第一版詞林。 2.《詩報》第5期 3. 曾笑雲編，《東寧擊鉢吟後集》 4. 賴子清編，《臺灣詩醇》 5. 羅亨彩，《南盧紀集・陶社故社員佳作集錦篇》 6. 陳蒼髯藏本
桃花源	安家此地獨超然	1.《漢文臺灣日日新報》1907年3月15日第一版藝苑；《臺灣日日新報》1907年3月15日第一版詞林 2.《詩報》第5期
桃花源	田廬結托彩霞邊	《漢文臺灣日日新報》1907年3月15日第一版藝苑；《臺灣日日新報》1907年3月15日第一版詞林
桃花源	蓬萊自在有無天	《漢文臺灣日日新報》1907年3月15日第一版藝苑；《臺灣日日新報》1907年3月15日第一版詞林
桃花源	渾噩無為太古然	《漢文臺灣日日新報》1907年3月15日第一版藝苑；《臺灣日日新報》1907年3月15日第一版詞林。
桃澗曲	花徑藏春色	《漢文臺灣日日新報》1908年2月2日第四版雜報；《臺灣日日新報》1907年3月15日第一版詞林
懷鄭延平	一柱擎天峙不周	《臺灣日日新報》1908年2月2日第一版詞林
遣懷詞	鶯鶯燕燕渾如夢	《臺灣日日新報》1908年2月2日第一版詞林
遣懷詞	卅六鴛鴦廠畫樓	《臺灣日日新報》1908年2月2日第一版詞林
遣懷詞	是空是色幻真吾	《臺灣日日新報》1908年2月2日第一版詞林
恭詠御題寒月照梅花	晚來新雪霽	《漢文臺灣日日新報》1911年1月6日第二版盛世元音
葉聲	隨風瑟瑟如珠碎	《漢文臺灣日日新報》1911年10月20日第三版桃園吟社詩壇
葉聲	一夜秋風落井梧	《漢文臺灣日日新報》1911年10月21日第三版桃園吟社詩壇
秋螢	光焰其如漸斂何	《漢文臺灣日日新報》1911年10月23日第三版桃園吟社詩壇
弔沖烈士貞介君	日本奇男子	《臺灣日日新報》1912年1月15日第一版
弔沖烈士貞介君	暝暝天無色	《臺灣日日新報》1912年1月15日第一版
弔沖烈士貞介君	一舉欠制敵	《臺灣日日新報》1912年1月15日第一版
對菊	秋心真素印無痕	《臺灣日日新報》1912年1月17日第三版
對菊	金英璀璨小園東	《臺灣日日新報》1912年1月17日第三版
重陽即事	黃英灼爍其精神	《臺灣日日新報》1912年1月17日第三版
重陽即事	九日誰登戲馬臺	《臺灣日日新報》1912年1月17日第三版
重陽即事	不插茱萸不避災	《臺灣日日新報》1912年1月17日第三版

重陽即事	一紙雲函雁到遲	《臺灣日日新報》1912年1月17日第三版
重陽即事	登高豈避吏催租	《臺灣日日新報》1912年1月17日第三版
蕉絲	墻角芭蕉號美人	《臺灣日日新報》1912年2月1日第六版，桃園詩壇，右十五左二十。
紙鳶	放來巧似脫鞲鷹	1.《臺灣日日新報》1912年10月23日第六版，桃園詩壇，左一右一 2. 曾笑雲編，《東寧擊缽吟前集》 3. 賴子清編，《臺灣詩醇》
紙鳶	取勢翩翩橫碧落	《臺灣日日新報》1912年10月25日第六版，桃園詩壇，右十
白雁	傳書足亦帶霜縑	1.《臺灣日日新報》1912年10月27日第六版，桃園詩壇，右二 2.《詩報》第67期，1933年9月24日 3. 曾笑雲編，《東寧擊缽吟前集》 4. 陳蒼髯藏本
懷中電火	不燈不燭不螢囊	1.《臺灣日日新報》1913年5月10日第六版桃園吟社詩壇，第二名 2. 曾笑雲編，《東寧擊缽吟前集》
懷中電火	一管能韜萬道光	《臺灣日日新報》1913年5月11日第六版桃園吟社詩壇，第九名
懷中電火	是誰鍊就電陰陽	《臺灣日日新報》1913年5月11日第六版桃園吟社詩壇，第十名
懷中電火	照乘何須重夜光	《臺灣日日新報》1913年5月11日第六版桃園吟社詩壇，第七名
蘇小墓	彼美多情費夢思	1.《臺灣日日新報》1913年6月28日第六版桃園詩壇，第二名 2. 陳蒼髯藏本
蘇小墓	向月為雲逐所期	1.《臺灣日日新報》1913年6月28日第六版桃園詩壇，第九名。 2. 曾笑雲編，《東寧擊缽吟前集》 3. 陳蒼髯藏本
蘇小墓	蘅芷湘蘭寄所思	《臺灣日日新報》1913年6月28日第六版桃園詩壇，第三名
蘇小墓	金縷能歌絕妙詞	《臺灣日日新報》1913年6月30日第四版
半面美人	玉貌娉婷張窈窕	《臺灣日日新報》1913年7月9日第六版，第一名
半面美人	帳中金翠認阿嬌	《臺灣日日新報》1913年7月10日第六版，第六名
半面美人	伴羞袂掩淡紅綃	《臺灣日日新報》1913年7月12日第六版，第十六名
半面美人	知是含嗔是撒嬌	《臺灣日日新報》1913年7月12日第六版，第十九名
張良	不效批鱗回主意	《臺灣日日新報》1913年7月29日第六版，桃園詩壇，左三八
絕纓會	待人別自有權衡	《臺灣日日新報》1913年8月4日第六版，桃園詩壇，左九右十

2.閒

樹上，貓頭鷹佇立月中
月的掌紋，於古屋留印如瓦
熱鬧的市集，漸已走遠
我，在地上閒走。

3.飲食男女

雨煙嫋嫋，島上車流光如潑

小火車隆隆作響。

木屋食鋪門前一把傘

推門，我昏黃地走。

4.山城

小山在城燈中湮沒
一根煙，湖水亦靜
是我。是我，灑落煙灰正火
幽路皆明。

5.店

雜貨店裡，櫃檯噠噠作響
茶來得稍熱。我坐於板凳前
不知是否大雨來急，
聽不見收銀聲，也無雨聲。

6.行走

於是，巴士躺在路旁

火車下分鐘就進站，沙石紛飛

後來他們說：

有個行走的迷霧小影，與山共擁一色

7.池

白色的森林。驚乍之間，
奔跑中的鹿，是戰爭。
時間不斷產卵
池塘，是交響樂。

8.橋

遺忘，是什麼？

拔河的繩索，掉入時間的河。

童語的斗笠，在風中流亡

——橋，是通往舊世界的路。

9.倒城

一座城市。

聲音，是精神的睫毛

勾住時代的尾巴，不斷往前

——發言的意義，不停靠後。

10.度母

那未開敷的烏巴拉之花，是我
在你下降的時候，地球下了一場大雨
如我的厄運，大地皆以掃除
此時，寺堂之外，死亡正離開

11.小鎮

來吧，在我們的小鎮大動干戈。

這裡的人啊，以詩為祭祀之舞，飄逸

的裙子上，那匹黑馬，埋葬一切

不詳──以詩，獨特的經咒之名

12.詩

詩，是如何在宇宙中存活的？
一個十惡不赦的人，繼承了祖傳的煉字術。

詩，又是如何在小鎮中得名於世？
——我的厄運，是詩的草稿

13.你

此刻，圖書館是信仰的產房
——凡你走過的、安坐閱讀的位子
是北斗星。你，相信輪迴嗎？

你的靈魂，將待產於我愛慾的子宮

14.鬼怪

也許，你是大生的鬼怪。你看書，如淬火。窗外
——陽光之樹，落下一葉昏色。

15.領土

是誰給我捎來一封談判的信
說是，我們之間有邊界爭端

我說，我們能不能簽訂界約，就這樣解決吧
──今天以前的，屬於自己；今天以後，屬於我們的。

語言文學類　截句詩系28　PG2135

馬華截句選

主　　　編／辛金順
責任編輯／鄭夏華
圖文排版／周妤靜
封面原創設計／許水富
封面設計／王嵩賀

發 行 人／宋政坤
法律顧問／毛國樑　律師
出版發行／秀威資訊科技股份有限公司
　　　　　114台北市內湖區瑞光路76巷65號1樓
　　　　　電話：+886-2-2796-3638　傳真：+886-2-2796-1377
　　　　　http://www.showwe.com.tw
劃撥帳號／19563868　戶名：秀威資訊科技股份有限公司
　　　　　讀者服務信箱：service@showwe.com.tw
展售門市／國家書店（松江門市）
　　　　　104台北市中山區松江路209號1樓
　　　　　電話：+886-2-2518-0207　傳真：+886-2-2518-0778
網路訂購／秀威網路書店：https://store.showwe.tw
　　　　　國家網路書店：https://www.govbooks.com.tw

2018年11月　BOD一版
定價：360元
版權所有　翻印必究
本書如有缺頁、破損或裝訂錯誤，請寄回更換

國家圖書館出版品預行編目

馬華截句選 / 辛金順主編. -- 一版. -- 臺北市：
秀威資訊科技, 2018.11
面； 公分. -- (語言文學類)(截句詩系；
28)
BOD版
ISBN 978-986-326-631-0(平裝)

868.751   107019174

讀 者 回 函 卡

感謝您購買本書，為提升服務品質，請填妥以下資料，將讀者回函卡直接寄回或傳真本公司，收到您的寶貴意見後，我們會收藏記錄及檢討，謝謝！如您需要了解本公司最新出版書目、購書優惠或企劃活動，歡迎您上網查詢或下載相關資料：http:// www.showwe.com.tw

您購買的書名：＿＿＿＿＿＿＿＿＿＿＿＿＿＿＿＿＿＿＿＿＿＿＿

出生日期：＿＿＿＿＿＿年＿＿＿＿＿＿月＿＿＿＿＿＿日

學歷：□高中 (含) 以下　　□大專　　□研究所 (含) 以上

職業：□製造業　□金融業　□資訊業　□軍警　□傳播業　□自由業
　　　□服務業　□公務員　□教職　□學生　□家管　□其它＿＿＿

購書地點：□網路書店　□實體書店　□書展　□郵購　□贈閱　□其他

您從何得知本書的消息？

　□網路書店　□實體書店　□網路搜尋　□電子報　□書訊　□雜誌
　□傳播媒體　□親友推薦　□網站推薦　□部落格　□其他＿＿＿＿＿

您對本書的評價：（請填代號　1.非常滿意　2.滿意　3.尚可　4.再改進）

　封面設計＿＿＿　版面編排＿＿＿　內容＿＿＿　文／譯筆＿＿＿　價格＿＿＿

讀完書後您覺得：

　□很有收穫　□有收穫　□收穫不多　□沒收穫

對我們的建議：＿＿＿＿＿＿＿＿＿＿＿＿＿＿＿＿＿＿＿＿＿＿＿

＿＿＿＿＿＿＿＿＿＿＿＿＿＿＿＿＿＿＿＿＿＿＿＿＿＿＿＿＿＿＿

＿＿＿＿＿＿＿＿＿＿＿＿＿＿＿＿＿＿＿＿＿＿＿＿＿＿＿＿＿＿＿

＿＿＿＿＿＿＿＿＿＿＿＿＿＿＿＿＿＿＿＿＿＿＿＿＿＿＿＿＿＿＿

11466
台北市內湖區瑞光路 76 巷 65 號 1 樓

秀威資訊科技股份有限公司　　　收

BOD 數位出版事業部

....

（請沿線對折寄回，謝謝！）

姓　　名：＿＿＿＿＿＿＿＿　年齡：＿＿＿＿　性別：□女　□男

郵遞區號：□□□□□

地　　址：＿＿＿＿＿＿＿＿＿＿＿＿＿＿＿＿＿＿＿＿

聯絡電話：(日)＿＿＿＿＿＿＿＿＿　(夜)＿＿＿＿＿＿＿＿＿

E - m a i l：＿＿＿＿＿＿＿＿＿＿＿＿＿＿＿＿＿＿＿＿

晚鐘	萬籟酣秋韻大鏞	1.《臺灣日日新報》1913年8月27日第六版，桃園詩壇，左一，右一 2.《詩報》第64期，1933年 8月1日 3. 曾笑雲編，《東寧擊鉢吟前集》 4.《陳蒼髯藏本》
畫蘭	風枝露葉賸殘春	《臺灣日日新報》1913年11月25日第六版，桃園詩壇，左五
畫蘭	一拳綺石證前因	1.《臺灣日日新報》1913年11月25日第六版，桃園詩壇，左七，右十一 2. 羅享彩，《南盧紀集·陶社故社員佳作集錦篇》
畫蘭	湘江夜雨思公子	《臺灣日日新報》1913年11月29日第六版，桃園詩壇，左二二
拜歲蘭	氣孕陽和骨自妍	《臺灣日日新報》1914年1月1日第五三版
平蕃紀事	甌脫何堪視等閒	《臺灣日日新報》1914年2月10日第六版，桃園吟社詩壇，左一右十九
平蕃紀事	大將威名佐久間	《臺灣日日新報》1914年2月11日第六版，桃園吟社詩壇，左四右十八
平蕃紀事	饒歌聲裡一軍還	《臺灣日日新報》1914年2月11日第六版，桃園吟社詩壇，左十一右十三
白衣送酒	拼將醉菊過重陽	《臺灣日日新報》1916年10月31日第六版瀛桃詩壇，左十五右避
諸葛廬	小廬草草結南陽	《臺灣日日新報》1916年11月13日第四版瀛桃詩壇，名次右五左二九
黃金臺	築台自表好賢心	《臺灣日日新報》1916年12月19日第六版瀛桃詩壇，名次右十七左矑
黃金臺	百鎰曾聞賢不受	《臺灣日日新報》1916年12月23日第六版瀛桃詩社第六期課題，左七
黃金臺	隋珠趙璧寧為寶	《臺灣日日新報》1916年12月29日第六版瀛桃詩社第六期課題，左十八
管仲	猜怨當年釋射鉤	《臺灣日日新報》1917年5月18日第六版瀛社詩壇，名次右五
新年言志（集句）	桃紅李白一番新	《臺灣日日新報》1924年1月19日 第六版
孔方兄	屋仰司農絀度支	1.《臺灣日日新報》1927年3月2日第四版 2. 羅享彩，《南盧紀集·陶社故社員佳作集錦篇》
東閣雅集分韻得逢字	一花一草亦修容	《台灣時報》91期，1927年6月15日
曝書	六六曬他循舊例	《大新吟社詩集》 1927年7月3日「陶社週年紀念吟會」
曝書	經史羅胸敢自豪	《大新吟社詩集》 1927年7月3日「陶社週年紀念吟會」
古松	大夫受覺愧虛榮	1.《臺灣教育》第311號，1928年7月1日，頁115，四十首錄四，第一名 2. 曾笑雲編，《東寧擊鉢吟前集》 3. 陳蒼髯藏本

市隱	寒煙萬井臨槐市	《大新吟社詩集》，1928年11月7日，左避右八
市隱	別開三徑賦槃阿	《大新吟社詩集》，1928年11月7日，左避右二十九
新柑	千家圍築石闌環	《大新吟社詩集》，1928年12月9日，「大新吟社」創立日，左三二右避
新柑	千家圍築石闌環	《大新吟社詩集》，1928年12月9日，「大新吟社」創立日，左三二右避
新柑	青嶂千峰水一灣	《大新吟社詩集》，1928年12月9日，「大新吟社」創立日，左四三右避
新柑	東來竹郡扼雄關	《大新吟社詩集》，1928年12月9日，「大新吟社」創立日，左四八右避
墨菊	秋容淡淡九秋煙	《大新吟社詩集》，1929年9月，右五
墨菊	誰向西窊聞潑墨	《大新吟社詩集》，1929年9月，右十
墨菊	陶家風景總天然	《大新吟社詩集》，1929年9月，左十五
蚌珠	是何靈秘稱奇孕	《大新吟社詩集》，1929年11月，右四
蚌珠	水族珍奇見一斑	《大新吟社詩集》，1929年11月，左避右七
蚌珠	豪光四射水中山	《大新吟社詩集》，1929年9月，左避右十
蚌珠	藍田種得玉雙環	《大新吟社詩集》，1929年9月，左避右十七
蚌珠	異胎靈孕豈冥禎	《大新吟社詩集》，1929年9月，左避右十九
蚌珠	遮莫漁人笑老頑	《大新吟社詩集》，1929年9月，左避右二六
蛇	大荒昂首弄雲煙	《詩報》創刊號，1930年10月30日，詞華摘錄
過劍潭感作三首錄一	盤帶山河異昔時	1.《詩報》創刊號，1930年10月30日，詞華摘錄 2.羅享彩，《南盧紀集·陶社故社員佳作集錦篇》
秋桃	碧玉峰前風淡淡	《詩報》創刊號，1930年10月30日，陶社，名次右三左避
哭黃式垣	黃子殊不俗	《詩報》第2期，1930年11月30日，詞華摘錄
虞美人	美人回首霸圖非	1.《詩報》第2期，1930年11月30日，名次第一 2.羅享彩，《南盧紀集·陶社故社員佳作集錦篇》
虞美人	卷阿我有榛苓慕	《詩報》第2期，1930年11月30日，名次第二
菜根	小園補槿護霜籬	《陶社詩集》，1930年11月30日，右二左避
菜根	山莧初收又水葵	《陶社詩集》，1930年11月30日，右二十九左避
題劉季斬蛇圖	蕉窗潑墨膽氣麤	1.《詩報》第4期，1931年1月17日，詞華摘錄 2.黃洪炎編，《瀛海詩集》 3.陳蒼髫藏本
遠山	雲峰遠隔幾重溪	《詩報》第4期，1931年1月17日，名次左三右避
遠山	登峰造極知誰是	《詩報》第4期，1931年1月17日，頁7，名次左十右避
菜根	小園補槿護霜籬	1.《詩報》第5期，1931年2月1日，陶社，名次右二左避 2.曾笑雲編，《東寧擊缽吟後集》 3.羅享彩，《南盧紀集·陶社故社員佳作集錦篇》 4.陳蒼髫藏本
獵犬	板橋門下有青藤	《詩報》第7期，1931年3月1日，擊缽錄，名次左一右二

獵犬	矯捷猶如獅子舞	《詩報》第7期，1931年3月1日，擊鉢錄，名次左三右十一
獵犬	功狗功人判未能	《詩報》第7期，1931年3月1日，擊鉢錄，名次左二五右九
雨絲	淡泡紗窓外	1.《臺灣日日新報》1931年4月9日第八版詩壇，全島聯吟大會 2.《詩報》第10期，1931年4月15日，擊鉢錄，全島聯吟大會，辛未三月廿一日首唱 3.《桃園縣志》，〈文教志‧藝文篇〉所錄《筱園遺稿》
廉吏	貪夫却以官為餌	詩刊於《詩報》第27期，陶社吟會，1932年1月1日，名次右二左三
廉吏	為民表白肅官方	《詩報》第27期，陶社吟會，1932年1月1日，名次左五右九
報午機	汽笛高鳴氣象臺	1.《臺灣日日新報》1932年7月7日第八版，全島聯吟大會，名次右十五左十九 2.〈臺南新報〉1932年3月30日，詩壇，全島聯吟大會 3.林欽賜編，《瀛洲詩集》
踏青鞋	幾宵繡就費工夫	《詩報》第35期，1932年5月15日，次唱擊鉢錄，五社聯吟大會，名次右二左八
踏青鞋	吉莫聲雄謔老奴	《詩報》第35期，1932年5月15日，次唱擊鉢錄，五社聯吟大會，名次左十四
祈晴	燮理陰陽者	《詩報》第36期，1932年6月1日，首唱擊鉢錄，五社聯吟大會，名次左五右避。
黃金臺	逈臨碣石凌雲起	《詩報》第40期，1932年12月1日，五社聯吟大會，名次右七左避
和少菴四十初度書懷	幽懷若揭感懷篇	《詩報》第64期，1933年8月1日，藝苑精華
秋望	薄暮憑欄望	1.《詩報》第93期，1934年11月15日，擊鉢錄，竹北聯吟會，名次右一左避 2.賴子清編，《臺灣詩醇》
蘆衣	如雪蘆花被體光	《詩報》第78期，1934年4月1日，擊鉢錄，陶社
蘆衣	吳棉難禦一天霜	《詩報》第78期，1934年4月1日，擊鉢錄，陶社，名次左八右九
秋柳	幾株門外望蕭條	《詩報》第74期。
斷雁	秋心遙逐塞雲孤	1.曾笑雲編，《東寧擊鉢吟前集》 2.陳蒼髯藏本
寒鴉	古戍荒原夕照西	曾笑雲編，《東寧擊鉢吟集前集》 黃洪炎編，《瀛海詩集》
春水	泛泛刀得漢江春	1.曾笑雲編，《東寧擊鉢吟前集》 2.黃洪炎編，《瀛海詩集》
遠山雪	瓊瑤錯落掛林端	1.曾笑雲編，《東寧擊鉢吟前集》 2.陳蒼髯藏本
息嬀	夫人孰為署桃花	1.曾笑雲編，《東寧擊鉢吟前集》 2.陳蒼髯藏本

精衛填海	莫漫冥頑笑羽蟲	1.曾笑雲編，《東寧擊鉢吟前集》 2.陳蒼髯藏本。
秋草	芊綿不斷黃雲隴	1.曾笑雲編，《東寧擊鉢吟前集》 2.陳蒼髯藏本。
楊妃病齒	減來玉食咽珠璣	1.曾笑雲編，《東寧擊鉢吟前集》 2.陳蒼髯藏本。
秋宮怨	獨自搴簾對素娥	1.曾笑雲編，《東寧擊鉢吟前集》 2.陳蒼髯本。
蓮山	蓮座湧波中彼岸誕 登六通是道	《詩報》第112期，1935年9月1日
項羽	鬩牆衅啓自相攻	1.《詩報》第119期，1935年12月15日 2.曾笑雲編，《東寧擊鉢吟後集》 3.羅享彩，《南盧紀集‧陶社故社員佳作集錦篇》 4.陳蒼髯藏本
花月酒	酒客風前書帶草	《詩報》第106期，1935年6月1日
花月酒	璧月瓊花春似海	《詩報》第106期，1935年6月1日
竹山巖即景	清絕竹窩子	1.《詩報》第109期，1935年7月15日
重陽雅集	一樣南皮誇勝事	1.《詩報》第117期，1935年11月18日 2.羅享彩，《南盧紀集‧陶社故社員佳作集錦篇》
相思樹	共道韓家樹	1.曾笑雲編，《東寧擊鉢吟後集》 2.羅享彩，《南盧紀集‧陶社故社員佳作集錦篇》 3.陳蒼髯藏本
相思樹	紅豆原同種	1.曾笑雲編，《東寧擊鉢吟後集》 2.羅享彩《南盧紀集‧陶社故社員佳作集錦篇》 3.陳蒼髯藏本
祝黃則修先生古稀晉 四雙壽	雲樹蒼茫繫我思	1.《風月報》第56期，1938年1月6日 2.《詩報》第179期，1938年6月16日，詩題改為〈祝 黃則修先生古稀晉五雙壽〉 3.郭茂松〈壽黃則修先生七十雙慶〉刊於《台南新報》 1934年2月3日
看劍	毫光直欲斗牛衝	黃洪炎編，《瀛海詩集》
老妻	金婚初度喜團欒	黃洪炎編，《瀛海詩集》
伍員	千秋豪氣壯胥門	黃洪炎編，《瀛海詩集》 《桃園縣志》，〈文教志‧藝文篇〉所錄《筱園遺稿》
埔里道中	十里疆鄰國姓庄	黃洪炎編，《瀛海詩集》
獅山其二	此山初無奇	1.黃洪炎編，《瀛海詩集》 2.《桃園縣志》，〈文教志‧藝文篇〉所錄《筱園遺稿》
獅山其四	名山足臥遊	黃洪炎編，《瀛海詩集》
海會庵聽經	西方古聖人	黃洪炎編，《瀛海詩集》
寒食	清明即明日	邱維崧抄本
寒食	墓門遲馬跡	邱維崧抄本
大樹	此材足梁棟	《陶社詩選》第一冊（徐慶松藏本）

大樹	綠陰繁數畝	《陶社詩選》第一冊（徐慶松藏本）
大樹	此樹非樗櫟	《陶社詩選》第一冊（徐慶松藏本）
大樹	挺立空山裡	《陶社詩選》第一冊（徐慶松藏本）
龍潭即景	趁墟來去水雲鄉	《桃園縣志》，〈文教志·藝文篇〉所錄《筱園遺稿》
龍潭即景	長隄人影亂斜陽	1.《桃園縣志》，〈文教志·藝文篇〉所錄《筱園遺稿》 2.羅享彩，《南盧紀集·陶社故社員佳作集錦篇》
龍潭即景	環隄古木韻修篁	《桃園縣志》，〈文教志·藝文篇〉所錄《筱園遺稿》
龍潭即景	四方雲氣漾波光	《桃園縣志》，〈文教志·藝文篇〉所錄《筱園遺稿》
龍潭即景	白板長隄夕照黃	《桃園縣志》，〈文教志·藝文篇〉所錄《筱園遺稿》
龍潭即景	天池勝景卻非常	邱維崧抄本
龍潭即景	乳姑山色漾銀塘	邱維崧抄本
龍潭即景	看他吞吐千條水	邱維崧抄本
龍潭即景	澄波千頃水風涼	邱維崧抄本
訪菊	晚節香飄傍竹栽	羅享彩，《南盧紀集·陶社故社員佳作集錦篇》
訪菊	台陽風景信奇哉	邱維崧抄本
延平郡王	儒巾脫卻事戎軒	羅享彩，《南盧紀集·陶社故社員佳作集錦篇》
延平郡王	千秋事去空圖識	邱維崧抄本
新蟬	春陰綠到江南岸	羅享彩，《南盧紀集·陶社故社員佳作集錦篇》
新蟬	飲露餐風自養廉	邱維崧抄本
洗硯	多年墨守小松軒	邱維崧抄本
野鶴	肯教帳入又軒乘	陳蒼髯藏本
品茶	樵青何必竹間呼	邱維崧抄本
品茶	瓷甌數個又饒壺	邱維崧抄本
品茶	綠乳春融水色殊	邱維崧抄本
寒梅	不知何處暗香浮	邱維崧抄本
寒梅	跨驢為愛日探幽	邱維崧抄本
紙鳶	三五兒童野興生	邱維崧抄本
楊妃洗兒	溫泉初泛玉芙蓉	陳蒼髯藏本
秋扇	齊紈仿繪放翁圖	邱維崧抄本
患盜	由來惡賊出嚴官	邱維崧抄本
望雨	日光如大月如銀	邱維崧抄本
望雨	那堪亢旱欲經春	邱維崧抄本
初雪	漠漠彤雲覆大虛	邱維崧抄本
秋雨	轉瞬遙山望欲無	邱維崧抄本
秋雨	濛濛雨鎖又炯舖	邱維崧抄本
秋雨	知時恰喜與秋俱	邱維崧抄本
冰旗	病愈文園渴已消	邱維崧抄本
龍蟠	龍池蘸影新華嫩	邱維崧抄本
蜘蛛	屋角春晴吐好絲	邱維崧抄本
蜘蛛	憑誰解析昆蟲學	邱維崧抄本

蜘蛛	同類何堪吃汝齁	邱維崧抄本
冬日	小春日影麗西廳	邱維崧抄本
冬日	鎖寒曉上朝陽閣	邱維崧抄本
冬日	中天赫赫麗鯤溟	邱維崧抄本
秋思	節序驚心藏又賖	邱維崧抄本
秋思	荒檄雲頑幻蒼狗	邱維崧抄本
蟹	秋江風定晚潮來	邱維崧抄本
慾梅	情天缺憾費安排	邱維崧抄本
慾梅	四顧蒼茫獨放懷	邱維崧抄本
老人星	人間名宿如台斗	邱維崧抄本
紅葉	青山斷處白雲庵	邱維崧抄本
紅葉	杜鵑血染偏山南	邱維崧抄本
紅葉	詞人景漫艷江南	邱維崧抄本
紅葉	胭脂嶺外霜痕重	邱維崧抄本
新秋	乳姑山色漾池清	邱維崧抄本
新秋	眼前物競閱枯榮	邱維崧抄本
釣臺	山輝水媚富春阿	邱維崧抄本
老將	不同紙上肆兵談	邱維崧抄本
老將	大敵當前思猛士	邱維崧抄本
老將	從容坐鎮將軍府	邱維崧抄本
老將	鬚髯如戟髮鬖鬖	邱維崧抄本
老將	廉李居然今益壯	邱維崧抄本
擲珓	瑤階聲徹玉玲瓏	邱維崧抄本
擲珓	稽首階前瀆聖聰	邱維崧抄本
雷	前山隱隱送清晨	邱維崧抄本
雷	曾傳失箸震驚人	邱維崧抄本
秋月	勝事紅綾舊擅名	邱維崧抄本
秋月	為愛秋空弄夜晴	邱維崧抄本
春曉	柳外鶯兒弄好歌	邱維崧抄本
夢蘭	好夢同酣九畹秋	《大新吟社詩集》
夢蘭	不同蘧栩化莊周	《大新吟社詩集》
夢蘭	玉香馥郁入懷幽	《大新吟社詩集》
雁影	翛然快高舉	《大新吟社詩集》
雁影	高舉鵾鵬路	《大新吟社詩集》
東寧橋	聞說橋成費萬錢	《大新吟社詩集》
東寧橋	筆峰之下峽山圓	《大新吟社詩集》
東寧橋	竹東同景更增妍	《大新吟社詩集》
秋桃	憑君點綴秋容好	《陶社詩選》第一冊（徐慶松藏）。
秋桃	碧玉峰前碧玉叢	《陶社詩選》第一冊（徐慶松藏）。

秋桃	穠華醒卻三春夢	《陶社詩選》第一冊（徐慶松藏）。
社鼠	曾向官倉偷玉粒	《陶社詩集》
社鼠	飲河不逐清流去	《陶社詩集》
社鼠	穿墉巧向神宮裡	《陶社詩集》
社鼠	灌薰苦愁偏無法	《陶社詩選》第三冊（徐慶松藏）
畫虎	山君雄猛名于世	《陶社詩選》第一冊（徐慶松藏）。
畫虎	前者畫龍飛破壁	《陶社詩選》第一冊（徐慶松藏）。
春粧	紫陌看花去	1.羅享彩《南盧紀集·陶社故社員佳作集錦篇》 2.陳蒼髯藏本
四知台	山水清幽處	1.《大新吟社詩集》2.邱維崧抄本
四知台	危欄峙空際	《大新吟社詩集》
送沈梅岩社友 榮遷永靖	置酒張高會	羅享彩《南盧紀集·陶社故社員伴作錦集篇》
落花	故枝香尚戀餘暉	《櫟社癸丑第一期課卷》
落花	枝頭空覓返魂香	《櫟社癸丑第一期課卷》
落花	桃葉桃根總愴神	《櫟社癸丑第一期課卷》
古鏡	自從軒后鍊青銅	《櫟社癸丑第二期課卷》
枯樹	莫向秋風寄恨聲	《櫟社癸丑第四期課卷》
枯樹	寂寂空山老一生	《櫟社癸丑第四期課卷》
枯樹	曾記濃陰拂翠流	《櫟社癸丑第四期課卷》
枯樹	庾信西風感故園	《櫟社癸丑第四期課卷》
枯樹	歷落孫枝繼好春	《櫟社癸丑第四期課卷》
枯樹	攀爾藤蘿也自危	《櫟社癸丑第四期課卷》
虎	班寅自昔號將軍	《櫟社癸丑第四期課卷》
虎	秋風暮雨嘯荒城	《櫟社癸丑第五期課卷》
虎	夾道覘人正擇肥	《櫟社癸丑第五期課卷》
猿	生成蹤跡遠塵泥	《櫟社癸丑年第六期課卷》
猿	不知汝亦愁何事	《櫟社癸丑年第六期課卷》
猿	是何伎倆善攀援	《櫟社癸丑年第六期課卷》

附錄

《桃園縣志・邱世濬傳》[1]

　　世濬，字筱園，世居閩之詔安。其先祖渡臺，初居新竹，後遷八德鄉；其父徙居龍潭高平村。民前三十五年（清光緒戊寅年）十一月十五日，世濬誕焉。稟賦穎異，幼年丁家不造而負笈從師，先後在養家義塾東寧學校肄業十載。比蕆業，回里興設鄉校，當年著名之育英義塾，慕甯山館，維新學堂，靡不為其手創。春風化雨，造就茲多。乙未變後，日政府企圖台灣同胞皇民化，發布強制暴令，廢止漢文義塾，禁用漢文傳授，刪除當地報章之漢文欄，禁用臺語。又另頒獎勵國語（指日語），獎勵臺胞改用日本姓名，奉祀日本大麻等令，尅期推行。世濬迫不得已，停辦漢文義塾。顧其愛護祖國文化之夙願，反因而激漲。乃糾合愛國志士假研究詩詞之名，而為維護民族文化之組織，命名為陶社；一面應聘為臺灣吟稿合刊詩報社顧問，協助發刊詩報，致力於祖國文化之鼓吹。另一面則開始為實業之經營，以掩其報國之義舉。諸如開辦農場，創設製茶工廠，胥奏成效，于茶葉、林業、稻作等，均達到其改良與增產之預期。而又慧心別具，擅歧黃之術，于小兒，痲疹等科最精。不論貧富，一律施以義診，全活無算。于是名動遐邇，其門生故舊欽仰更切，不期然而膺民選之民意代表。自是以還，世濬之素志克伸，臺胞自由之爭取，祖國文物之維護，均見其著著進行，雖有日

---
[1] 此篇傳記收於《桃園縣志》卷六，〈人物志・立功篇〉，（桃園：桃園縣文獻委員會，1962），頁2062。

警之從旁監視，亦無如之何已。民國三十一年（日昭和十七年）四月七日，病終于里居，昭代才人，彌堪矜式。

《瀛海詩集‧邱世濬傳》[1]

　　邱世濬號筱園，新竹之龍潭人 也，善屬文能詩，為漢學界耆宿，性亢爽高潔，有耕隴抱膝高吟之概，然圭璋品望為世所重。於文化經濟產業之建設，輒推主焉，多所樹立。春風門巷，不徒擁擠問字之車，其物望可知矣。丈夫子五人，長與三俱為公學校教員，次男為玉峰茶葉工場理事長，四男在庄役場供職，五男尚在學中。

---

[1]　此篇傳記收於黃紅炎編，《瀛海詩集》，（臺北：臺灣詩人名鑑刊行會，1940），頁148-149。

〈先父創新公行述〉[1]

邱維垣

　　先父諱創新，謚剛正，名世濬，詩號筱園。為十三世來臺祖強芝公之裔，排行十八世。清光緒五年生。為先祖家舉公號佛送妣謚淑惠簡孺人之三子；兄創真、創潤。世居桃園銅鑼圈，即今之龍潭鄉高平村十股地方。先父賦性聰敏，勤讀詩書，兼習中醫。年二十，有志於教學工作，在鄉開設私塾，傳授祖國文化。歷十年之後，時臺灣仍為日據時期，不容漢文化之傳播，故遭禁止，無法繼續執教！乃改變方式，組織詩社，聯合龍潭、關西兩鄉愛國文人志士成立「陶社」，眾望所歸，被舉為社長，直至民國卅三年六十六歲壽終為止。先父主持本鄉詩社，經常參加全省性詩人大會，詩作獲首獎多次，領有金杯銀杯及其他獎品多件，因名噪一時，為日政不許，所有獎品均被沒收，詩稿亦不得留藏，誠令人遺憾者也。先父學文習醫以外，對經營企業亦能刻苦創立，曾在荒漠之銅鑼圈地區，利用當時日人勤業銀行長期貸款，去造產經營，不到卅年時光，竟成為擁有六十餘甲地產（田、茶園）與一座甲種製茶廠之企業家。先父對祖國所傳之中醫術之造詣亦甚高明，尤其運用其白頭

---

[1]　此文收於《丘（邱）氏會刊》第八期（臺北：臺北市丘（邱）氏宗親會，1978），頁62-63。

處方箋之妙，竟四處風行，活人濟世，傳為美談。某年有日官郡守之子，因患痲痢病將死，西醫已無可救藥，經日籍刑警人員之介紹並監視下，先父親予照顧二天，施予妙方，救回一命！當時日政當局正禁止中醫治病，但由於先父術德兼修，用藥如神，不知救活了多少鄉中老幼病者，因此甚獲好評！遠至新竹、竹東等地亦時有病者求治，從茲官民均不敢檢舉先父執行中醫之術矣。故先父逝後卅餘年，至今年老鄉親們尚記憶猶新，每言其痲科用方之靈驗，與治急驚風救活之準確，實有口皆碑之良醫。維垣之學醫從醫之啟發亦在此也。

先父德配袁氏，育吾兄弟及姊姊共九人。兄維崧，師範學校畢業，曾任教職，又任過桃園縣政府督學。次兄維嶽，任村長，治祖產——農場。維垣居三，臺灣大學醫科畢業，曾任國軍上尉軍醫、臺灣大學附設醫院內科醫師，現在臺北市開設創新紀念醫院。四弟維翰，定居中壢市，經營洗衣店。五弟維藩，過房理傳公為嗣，居關西務農。姊名允、端、淑、美。

先父畢生為人正直，好道樂群，譽揚梓里。創業實績，救助不少員工，同時惠及子孫，式範千秋！維垣行年五十有八矣，每念先父之思想與言行高尚，艱困創業之精神，為吾家中興之主，其事可傳，其蹟可念，於是爰筆記之行略，期傳之子孫，時中華民國六十四年四月十日於臺北市寓所。

詩報發刊詞[1]

蟹行文字[1]之曼衍[2]於瀛壖[3]也。漢學[4]危微[5]，欲墜未墜之秋[6]，撐持其間者詩社[7]也。莘莘學子[8]醉心[9]西學[10]，將我漢族固有文化，付之風雨飄搖[11]久矣。六經[12]覆瓿[13]，遑論四始[14]而為詩，《春秋》不作而詩亡，有心人所以悲歌慷慨[15]也。西學昌明[16]尚矣，士之能詩者至稱為聖，鴻篇鉅製[17]，動輒[18]萬言，上而國政，下而民俗。一經脫口，幾幾乎集國人之視聽焉，殆足與我亞東詩豪詩史，藻采[19]流風[20]，絕塵彌轍[21]，並行而不相背馳。初非淺人詆[22]為吟風弄月[23]者流，而以不足輕重視之耶。

臺澎改隸[24]後，到處騷壇聳立[25]，壁壘一新。士之處此者，類皆陋舉子[26]之時文[27]，作參軍之蠻語[28]，樵歌野唱[29]，和其天倪[30]。且又互相提挈[31]青年才士，相與分箋抗席，刻燭吟哦[32]，興酣[33]落筆，有凌滄洲[34]搖五嶽[35]之概。總之詩關學力[36]，欲極其至、則又不得不多讀書矣。岌岌[37]乎漢文學之將墜地[38]，而不墜者，是非賴諸識時[39]君子，拉出無數讀書人，相與長歌短嘯[40]於其間，將不枯寂萎靡[41]，簸蕩[42]漸滅[43]於歐風美雨者殆希。噫[44]！詩學之於今日，其

---

[1] 此文刊於《詩報》創刊號，1930年10月30日，頁4。

功用[45]亦大矣哉。

　　詩人周君石輝[46]與諸同志諗此，籌所以共鳴其盛。擬集名篇巨著[47]，燦列報章公諸同好，以聯鯤島[48]文人聲氣[49]，敦[50]鱣堂[51]師友風義[52]，所見遠矣。世有抱膝高吟[53]、擊筑酣歌[54]之士，孤憤成章[55]，幽懷抒與[56]，將啟其秘而流傳之也。行見孟柳謝蓉[57]，蔚為班香宋豔[58]，輝映行間[59]，風行海內[60]，原原本本[61]，浩浩洋洋[62]。以翼[63]斯文[64]之未喪，以揚吾道之休光，豈不懿[65]哉！

【今注】

[1] 蟹行文字：歐美各國橫行書寫的文字，如英文、法文等。

[2] 曼衍：分布、擴散。

[3] 瀛壖：指台灣。

[4] 漢學：傳統的歷史、文化、語言、文字等方面的學問。

[5] 危微：危險衰微。

[6] 欲墜未墜之秋：非常危急的時刻。

[7] 詩社：詩人定期聚集吟詠而結成的社團。

[8] 莘莘學子：眾多的學生。

[9] 醉心：喜好而全心專注。

[10] 西學：由歐美各國傳來的學術。

[11] 風雨飄搖：動盪不安、形勢不定的處境。

[12] 六經：指詩、書、禮、樂、易、春秋，為儒家重要的經典，也是中國文化的精粹所在。

[13] 覆瓿：「瓿」指陶製小甕，常用來當醬缸。「覆瓿」是指蓋醬缸，喻不被重視。

[14] 四始：〈毛詩・大序〉指施政應留意與興廢治亂因素有關的詩章，其中以《詩經》中風、大雅、小雅、頌中的第一篇為始，稱「四始」。

[15] 悲歌慷慨：情緒激昂地高歌，以抒發悲壯的胸懷。

[16] 昌明：興旺發達。

[17] 鴻篇鉅製：篇幅、規模很大的著作。

¹⁸ 動輒：往往，一有舉動就如此。

¹⁹ 藻采：華麗的文辭與文采。

²⁰ 流風：流傳的風俗教化。

²¹ 絕塵彌轍：指千里馬奔跑時，腳步輕盈不會揚起塵土；速度飛快，不會留下痕跡。事見《列子・說符》中的九方皋相馬。

²² 詆：毀謗、誣蔑。

²³ 吟風弄月：指作品內容空虛，逃避現實，具有貶義。

²⁴ 臺澎改隸：指臺灣改由日本統治。

²⁵ 聳立：高立。

²⁶ 舉子：明、清時鄉試中試的人。

²⁷ 時文：八股文的別名。

²⁸ 參軍之蠻語：「參軍」為古代將帥王侯的幕僚，「蠻語」南方少數民族的語言，「參軍之蠻語」應指以獵奇的眼光描寫臺灣風物之詩篇。事見《世說新語・排調》：「郝隆為桓公南蠻參軍，三月三日會作詩，不能者罰酒三升，隆初以不能受罰，既飲，攬筆便作一句雲：『娵隅躍清池。』桓問：『娵隅是何物？』答曰：『蠻名魚為娵隅。』桓公曰：『作詩何以作蠻語？』隆曰：『千里投公，始得蠻府參軍，那得不作蠻語也。』」

²⁹ 樵歌野唱：樵夫與山民的歌唱。

³⁰ 天倪：天涯的盡頭。

³¹ 提挈：提拔、照顧。

³² 刻燭吟哦：南北朝時竟陵王子良等人以刻燭擊鉢限時寫詩，臺灣詩社的活動，亦以擊鉢吟為主。

³³ 興酣：興致高昂。

³⁴ 滄洲：水濱。借指隱者所居住的地方。

³⁵ 五嶽：中嶽嵩山、東嶽泰山、西嶽華山、南嶽衡山、北嶽恆山。

³⁶ 學力：研究學問所達到的程度。

³⁷ 岌岌：危險的樣子。

³⁸ 墜地：比喻衰弱、衰微。

³⁹ 識時：了解當世的事務、局勢。

⁴⁰ 長歌短嘯：高歌吟詠詩作。

⁴¹ 枯寂萎靡：寂寞頹喪不振作。

⁴² 簸蕩：顛沛流離。

⁴³ 澌滅：消滅殆盡。

⁴⁴ 噫：表示悲哀、傷痛的語氣。

⁴⁵ 功用：效能。

⁴⁶ 周君石輝：即周石輝（？-1959），《詩報》的發行人，曾加入竹社與桃園吟社。

⁴⁷ 名篇巨著：有名且重要的作品。

⁴⁸ 鯤島：指臺灣島。

⁴⁹ 聲氣：聲音、言語。

⁵⁰ 敦：和睦、使融洽。

⁵¹ 鱣堂：稱講學的處所。

⁵² 師友風義：師友間的情誼。李商隱〈哭劉蕡〉：「平生風義兼師友。」

⁵³ 抱膝高吟：如同諸葛亮在隆中耕讀時，常抱膝而坐，長吟〈梁父吟〉。諸葛亮事見裴松之《三國志注》。

⁵⁴ 擊筑酣歌：如同高漸離擊筑，荊軻和而高歌。事見司馬遷《史記・刺客列傳》。

⁵⁵ 孤憤成章：憤世嫉俗地作成文章。

⁵⁶ 幽懷抒興：抒發隱微的情懷。

⁵⁷ 孟柳謝蓉：孟，孟浩然。謝，謝靈運。指孟浩然的詩如同五柳先生，謝靈運的詩則如同初發芙蓉。

⁵⁸ 班香宋豔：班，班固。宋，宋玉。班固、宋玉二人皆為中國有名的辭賦家，因其文辭華美，風格富麗，故稱之。

⁵⁹ 輝映行間：各種光彩照耀其間。

⁶⁰ 風行海內：比喻流行傳播迅速。

⁶¹ 原原本本：事情的詳細始末。

⁶² 浩浩洋洋：形容氣勢雄壯、規模宏大。

⁶³ 翼：保護。

⁶⁴ 斯文：文化。

⁶⁵ 懿：稱頌、讚美。

論纏足之弊害及其救濟策[1]

邱筱園

　　人之生命，托於身體。身體之活動，繫於手足。《禮》曰：「立毋跛。」《書》曰：「若跣弗視地，厥足用傷。」是足之不容毀傷也明矣。《孟子》曰：「今有無名之指，屈而不信，則不遠秦楚之路。」而求能信之者，非疾痛害事也，為指之不若人也。一指之養且然，而況跰斷踝折，如婦女子之纏足乎！

　　古無所謂纏足者，後世荒淫君王，窮奢極欲，以人為伎，遠其性，傷其天，所弗恤也。楚王好細腰，宮人至有束其腰肢，而瘦餓至死者，是其類也。然束腰之風，止於一代，其害便除。纏足之起，競相沿習，翕然成風。父母以是教子女，士大夫以是擇其妻若媳，此求彼應，風靡甌越，居然以不纏足者，為爨下嫗，泥中婢，而不得廁於名媛淑女之列矣。海國之民，離奇之俗，扁其首，束其腰，文其身，黥其面，自以為美觀矣，為高貴矣。自明人達士觀之，莫不惻然痛於其中。群焉非於其後，而彼則夷然自若，而不以為恥。況害等於扁首束腰，甚於文身黥面，既不足以為美觀，又不足以為高貴，適足以戕也，而亦夷然自若，而不以為恥，欲不受人

痛詆，非笑之也，其可得乎？西施病心，矉其里而美之。里之醜婦亦矉而效之，前仆後起，覆轍因循，流毒人群，殘疾女界，尤莫如纏足之為甚也。噫嘻！纏足之為害亦何可斷言哉？

哲學家以人種之強弱，關身體之鬱養，是以體育，著為專科。呂氏春秋曰：「處於是則痿為蹷。」纏足者是流於痿蹷，痿蹷者是陷人種於纖孅孱弱。害一、女子若與男子平等，教育之，凡是可與男子分勞任責。木蘭從軍、良玉督戰，婦人救護班之出入疆場。此小戎之風，所以蔚為強國也，雄飛活躍，為國家盡其義務，又豈約指團尖竛竮蹩躠者，所可能也？曰不能，是養成家國一種病足之人。害二、人無論男女，貴有自立精神，然必須肢體保全健康。庶有以固其不屈不撓志節，深閨裹足，衣食仰於所天，無所事事，倘一旦變故猝遭，飢寒交迫，食力不能，縱不鳴瑟跕屣，流為娼優，亦坐以待斃。害三、家庭之振作，子女之養育，夫婦均有其責。男以治外，女以治內，杵臼之勞，瀉絖之役，趼鮮鏞井，躃者槃散行汲，任務難堪，失其良助。害四、就此四者言之，實與種族強盛，社會進化，家計國計，具有密切關係，盡人而知之矣。明達之士，早思有以補救之而未能，乘以百年積習，且夕間急欲起而改革之，自必有起而反對之者。

莊子曰：「曲士不可語於道者，束於教者也。」此亦拘於虛、囿於俗，而不可語於改革也，閒嘗講求所以改革之之道，而未得其當曰：「官以法令禁之。」是失人之自由。曰：「民以約教會張之，患在意見歧異，不能統一而收實效。」或曰：「請立禁約。」附之於保甲加盟，則不患不統一矣，然此又未免涉於強制主義，非

所以治其心也，然則將操何述改之，而庶足以救濟之也。無其他振興女學之一道乎。臺灣自改隸以還，沐文明教澤者，閱十有九載矣。政府當軸亦汲汲於振興文教，唯女學之設施，尚未推廣盛行，籌所以教化之。以馴至於道，無怪婦女界，事事黑守固陋，居今之世，而不變之俗也；女學一興，風化轉移，漸于都會，使一般之婦女子，見聞所及，富於知識，聲氣相通，高明相尚，知纏足之害鉅烈，甚於指裂折脛，必切噬膚之戒。於是藉女子勸化女子，由一而十、由十百而千萬，於焉止人格，於焉端於母教，杜絕弊風，革除陋習，自不期然而然矣。不然天然足會之設，解纏足會之設，禁與纏足者結婚會之設，是亦舍本逐末矣。不得其本，而逐不得不求其末，亦適以見仁人君子之苦心；思有所以救濟之而未能，為之何哉？

弔　詞

蕭慶壽撰[1]，邱逢琛譯[2]

　　維昭和十七年四月十日，於故庄協議會員邱世濬先生告別式，
謹致弔詞以表哀悼之意。

　　嗚哀哉！先生竟然遽爾逝去，實在是喪失了我台灣漢學界一大
宗師，喪失了我村內實業界一大巨擘，嗚呼痛惜！難以承受。先生
溫厚篤實，博學謙恭，經常排難解紛，且精通醫術，鄉里內無人不
曾受其恩惠。回顧先生自幼來到本庄，勤奮耕讀，臥薪嘗膽，歷盡
艱辛風霜，專心一志開發茶葉事業，直至近年事業方有可觀，正可
謂有幸克竟初志，事業成功者，即將可整理庭園花木，怡情養性，
寄情於春花秋月，遠離塵囂，置身幽靜之地，散步於一丘一壑之
際，嗚呼哀哉！先生整理中的庭園尚未就緒，優游的歲月也還沒幾

---

[1]　蕭慶壽為日治時期龍潭銅鑼圈地區的士紳，張素玢〈龍潭十股寮蕭家——一個宵裏社家族
　　的研究〉，《平埔研究論文集，1995》，考述其生平，「蕭慶壽曾開小型製茶廠，發起創設
　　高原國小、（擔任家長會長三十多年），龍源國小（任家長會長六年）、龍潭高農。他在日
　　據時代歷任保甲聯合會員、信用組合監事、庄協議會員、村長。其子柏舟曾任龍潭庄役場書
　　記、中壢郡役所商工主任、龍潭鄉農會總幹事……蕭慶壽也是日據時期大溪郡文化會銅鑼
　　圈分會長，即銅鑼圈陶社的詩宗。」筱園先生與蕭慶壽同樣以製茶為業，合力創設高原國小
　　（筱園先生為第一任家長會長，蕭慶壽為第二任），並同為陶社詩友。
[2]　邱逢琛先生為筱園先生三男邱維垣先生之子，東京大學船舶工程學系博士，現為臺灣大學工
　　程科學及海洋工程學系教授。

日，竟然永眠。所幸先生的子弟皆青年有為，相信必將在村內惕勵
志節，繼承大志大業，更加發揚光大，先生身後也了無遺憾，應可
瞑目，只是令眾民深感惋惜。謹以香蒭一束，聊表哀忱，並饗在天
之英靈。

輓　詩

魏潤庵等

一、《詩報》發布的公告

本報顧問邱世濬先生逝世[1]

本報顧問筱園邱世濬先生突於四月七日逝世，壽六十有五，經於十日在其自宅舉行告別式矣。誌此謹表哀忱。

二、《詩報》中的輓詩

筱園先生千古[2]・魏潤庵

舊學悲凌替，為君有幾人。課耕茶是業，避俗竹為鄰。雞黍期難再，鴻泥跡易陳。騷壇同抗手，回首感前塵。

---

[1]　訊息刊於《詩報》第270期，1942年4月20日，頁1。

[2]　此詩刊於《詩報》第271期，1942年5月6日，頁23。

哭邱筱園先生[3]·陶社社員一同

聞道華星隕霎時，從茲風雅失支持。少曾藻繪生花筆，老更詞
雄擅色絲。赴召修文逢厄日，克繩祖武賴佳兒。鷗儔鷺侶多哀怨，
一掬淚珠一句詩。

哭邱筱園先生[4]·吳錦來

斯文欲喪豈天心，瀛島詩星只自沉。大息主盟人已杳，從今社
長倩誰任。文星忽墜仲春天，陶社今朝失主權。惆悵九原遺憾事，
殘棋未睹永長眠。

哭邱筱園先生[5]·德山富彥

重責騷壇六五秋，扶輪大雅展鴻猷。立言千古高風在，邈渺音
容痛不休。

東風吹送訃音來，惆悵先生夢不回。扢雅斯文嗟已矣，聖門又
少一英才。

---

[3]　此詩刊於《詩報》第271期，1942年5月6日，頁23。
[4]　此詩刊於《詩報》第271期，1942年5月6日，頁23。
[5]　此詩刊於《詩報》第271期，1942年5月6日，頁23。

哭筱園夫子[6]・邱榮習

　　騷壇不幸失中堅，凶耗傳來暗淚漣。星斗滿天蒙慘霧，山川遍地起寒煙。詩書禮樂傳忠孝，道德文章繼聖賢。應享遐齡施化雨，傷今駕鶴竟歸仙

　　一夢南柯六五秋，萬般事業付悠悠。為師振鐸功名就，教子興家禮義週。問字無期情更慟，執經有難淚交流。先生道範垂千古，天喪斯文感不休。

輓邱筱園先生[7]・張極甫

　　廿五年前已識荊，西窗曾此話衷情。愧無佳句酬知己，喜有斯文享大名。壇坫縱橫推健將，門牆揖讓重先生。如何撒手歸山去，愁煞淡江老弟兄。

輓邱筱園先生[8]・許兩全

　　冠全台孰與京，文章錦繡早馳名。恨天欲折扶輪手，不許先生老彭。

---

[6]　此詩刊於《詩報》第271期，1942年5月6日，頁23。

[7]　此詩刊於《詩報》第273期，1942年6月5日，頁24。

[8]　此詩刊於《詩報》第273期，1942年6月5日，頁24。

邱允妹女士訪談錄[1]

時間：2005年7月21日下午兩點至三點半

地點：邱允妹女士中壢自宅

列席人士：邱允妹女士，曾盛芳先生，邱維翰先生，邱逢幹先生，
　　　　　邱瓊英女士

訪談、記錄與整理：李嘉瑜

問：邱氏家族是否世居於銅鑼圈呢？

答：不是。我們家族原來住在八塊庄，因為生活困頓，祖父那輩才
　　搬到銅鑼圈。

　　我父親有三個兄弟，分別是大哥邱烏番、二哥邱阿傳與弟弟邱
　　阿清，他是四兄弟中最喜歡讀書的一個，鄉下人都稱他為「邱
　　秀才」。

問：您父親在日本時代從事什麼樣的工作？

答：我父親早年開設漢文學堂，他教書認真，也非常照顧學生。當
　　時有很多學生繳不出學費，父親都不以為意，我媽就會說，都
　　沒有收到錢，那我們吃什麼呢？父親總是說我們少吃點，就可
　　以讓有心學習的學生多一點機會，他就是這樣的人。

---

[1]　邱允妹女士（1901-2011）是筱園先生之長女，丈夫曾水泌先生曾擔任中壢國小與新街國小的
　　校長。邱女士在2005年接受訪談時已104歲，但仍耳聰目明，記憶明晰。

那個時候，因為父親很受鄉親尊重，所以日本人好幾次要他到日本機關做事，父親都婉拒了，他不會和日本人起正面衝突，卻始終保持一定的距離。

不過他是個很有生意頭腦的人，他很會動腦筋，眼光又精準，開農場，設茶工廠，後來變成一個實業家，我們家的財富都是他那代累積的。

問：可否請您回想出嫁前的生活？

答：我未嫁前，住在娘家，沒有接受日本的學校教育，主要由父親教授漢文。我的五個弟弟後來陸續進入日本學校讀書，大弟是臺北師範畢業的，戰後當過中學校長與督學；三弟念臺北帝國大學，後來當醫生。另外三個弟弟因為家中經營農場與茶工廠的緣故，所以都念了農業專修學校。不過父親對於他們的漢文學習，要求非常嚴格，我的弟弟們都會寫漢詩，字也寫得很漂亮。

當年家中有數十甲的田產物業，還有茶工廠，雖然雇用不少長工，但要做的事太多，弟弟們年紀又小，我未出嫁前，幾乎從早做到晚，非常辛苦。我不想再回想那些日子了，實在太艱苦了。

問：您印象中的父親是怎樣的一個人？

答：父親在家的時候都在讀書，也經常受邀到外地參加詩會，家中有很多他在外地拍的照片，還有騎馬的呢。因為父親很有學

問，很多人會來邀詩，現在桃園地區有很多廟宇、橋梁都還看
得見他當年題寫的詩與對聯。

問：聽說邱筱園先生也精通中醫？
答：對，我父親的醫術非常好，不過都是義診，不收一毛錢的，鄉
　　下人也沒錢，常常送自家的雞蛋或者地瓜，什麼樣的東西都
　　有，父親也都笑笑不以為意。
　　我記得有個日本高官，他的小孩得麻疹，日本醫生說沒救了，
　　高官抱著垂死的孩子連夜找到家中，父親為小孩施針，小孩竟
　　然醒轉過來，後來服用父親開立的藥方也就完全好了。父親並
　　沒有收取日本高官酬謝的禮金。當時日本人普遍看不起漢醫，
　　卻對我父親非常佩服。我嫁來中壢後，父親常來看我，每次來
　　都會為我的小孩把脈看診，他的藥方真的非常有效。我累了，
　　今天就到這裡吧！

邱筱園文學活動年表

西元紀年	年號	年齡	生平	文學活動
1878	光緒4年	1歲	11月15日出生於龍潭高平村。（桃園縣志‧邱世澄傳）	
1884	光緒10年	7歲	5月13日夫人袁藻妹出生。	
1901	明治34年	24歲	8月13日長女邱允妹出生。	
1903	明治36年	26歲	8月29日《桃仔園廳報》第24號刊載，參加書房教師講習會，7月28日至8月23日，獲平均成績九十三點以上的優等證書，8月24日授與講習證書。	
1907	明治40年	30歲		1月19日《漢文臺灣日日新報》刊載，龍潭吟社第二回課題〈桃花源〉七律，第一名。
1908	明治41年	31瑞	10月5日《桃園廳報》第88號刊載，獲書房義塾教員免許狀（教師資格證明書），檢定科目為漢文與修身。12月18日臺灣總督府檔案，給山批字類，與兄邱烏番、邱阿傳，弟邱阿清，共同以花紅金六圓，向邱明福購買桃澗堡銅鑼圈庄小地字二寮窩作為先代祖塋。	2月2日《臺灣日日新報》刊載，〈桃澗曲〉、〈懷鄭延平〉、〈遣懷詞〉。
1909	明治42年	32歲	5月國史館臺灣文獻館典藏謝石房等之理由書，此文件中的簽署，顯示其擔任土地整理委員。12月1日臺灣總督府檔案，理由書，此文件中的簽署，顯示其擔任土地整理委員。	
1911	明治44年	34歲	10月5日《桃園廳報》第295號刊載，獲書房義塾教員免許狀，檢定科目為漢文與修身。	1月6日《漢文臺灣日日新報》刊載，〈恭詠御題寒月照梅花〉。10月20日《臺灣日日新報》刊載，〈葉聲〉。10月21日《臺灣日日新報》刊載，〈葉聲〉。10月23日《臺灣日日新報》刊載，〈秋螢〉。

1912	大正元年	35歲	2月4日長子邱維崧出生。11月21日《臺灣日日新報》刊載，22夜與桃園吟社黃純青、葉連三等人同赴臺北，23日將會出席瀛社大會。	1月15日《臺灣日日新報》刊載，〈弔沖烈士貞介君〉三首。 1月17日《臺灣日日新報》刊載，〈對菊〉二首、〈重陽即事〉五首。 2月1日《臺灣日日新報》刊載，〈蕉絲〉。 7月《臺灣教育會雜誌》78號刊載，〈奉贈潘濟堂先生〉。 10月23日《臺灣日日新報》刊載，〈紙鳶〉。 10月25日《臺灣日日新報》刊載，〈紙鳶〉。 10月27日《臺灣日日新報》刊載，〈白雁〉。
1913	大正2年	36歲	7月1日《臺灣日日新報》刊載，桃園吟社的散處派與咸菜硼派因爭邱筱園而起紛爭，邱氏因而投函，言其與散處派同步，所以兩派之爭底定。7月5日《臺灣日日新報》刊載，桃園吟社的散處派與咸菜硼派，「爭一邱筱園甚力」，兩派皆投書報社。報社的裁定是「方今世界，尊重自由，從邱之意可歟。」	月10日《臺灣日日新報》刊載，〈懷中電火〉二首。 5月11日《臺灣日日新報》刊載，〈懷中電火〉二首。 6月28日《臺灣日日新報》刊載，〈蘇小小〉三首。 6月30日《臺灣日日新報》刊載，〈蘇小小〉。 7月9日《臺灣日日新報》刊載，〈半面美人〉。 7月10日《臺灣日日新報》刊載，〈半面美人〉。 7月11日《臺灣日日新報》刊載，〈半面美人〉。 7月12日《臺灣日日新報》刊載，〈半面美人〉。 7月29日《臺灣日日新報》刊載，〈張良〉。 8月4日《臺灣日日新報》刊載，〈絕纓會〉。 8月27日《臺灣日日新報》刊載，〈晚鐘〉。 10月17日《臺灣日日新報》刊載，擔任桃社吟會幹事。 11月25日《臺灣日日新報》刊載，〈畫蘭〉三首。 〈落花〉七律三首。（櫟社癸丑年第一期課卷）

				〈古鏡〉七律。（櫟社癸丑年第二期課卷） 〈枯樹〉七律六首。（櫟社癸丑年第四期課卷） 〈虎〉七律三首。（櫟社癸丑年第五期課卷） 〈猿〉七律三首。（櫟社癸丑年第六期課卷）
1914	大正3年	37歲		1月1日《臺灣日日新報》刊載，〈拜歲蘭〉。 2月10日《臺灣日日新報》刊載，〈平蕃紀事〉。 2月11日《臺灣日日新報》刊載，〈平蕃紀事〉二首。
1915	大正4年	38歲	4月11日次子邱維嶽出生。	2月7日《臺灣日日新報》刊載，〈論纏足之弊害及其救濟策〉。 10月31日《臺灣日日新報》刊載，〈白衣送酒〉。 11月13日《臺灣日日新報》刊載，〈諸葛廬〉、〈黃金臺〉二首。 12月13日《臺灣日日新報》刊載，〈黃金臺〉。 12月29日《臺灣日日新報》刊載，〈黃金臺〉。
1916	大正5年	39歲		10月26日《臺灣日日新報》刊載，擔任瀛桃詩壇第四期課題〈白衣送酒〉七律之詞宗。
1917	大正6年	40歲		5月18日《臺灣日日新報》刊載，〈管仲〉。
1918	大正7年	41歲	1月7日三子邱維垣出生。 臺灣總督府公文類纂永久保存第47卷，取得桃園廳桃澗堡打鐵坑庄地，石炭採礦取可。	
1919	大正7年	42歲		8月25日《臺灣日日新報》刊載，擔任瀛桃竹詩壇〈題楊妃出浴圖〉七律詞宗。
1922	大正10年	45歲	12月5日四子邱維翰出生。	
1924	大正13年	47歲		1月19日《臺灣日日新報》刊載，〈新年言志〉。 6月10日《臺灣日日新報》刊載，擔任以文吟社〈春晴〉七絕之詞宗。

1926	大正15年 昭和元年	49歲	3月16日五子邱維藩出生。11月28日參加臺灣總督上山滿之進於東門官邸舉辦的翰墨宴。	5月12日《臺灣日日新報》刊載,擔任彰化崇文社第十期課題〈尊重人格論〉之詞宗。7月14日《臺灣日日新報》刊載,7月10日在龍潭庄龍元宮谷王廟,創社儀式配合品茶會同時舉行,主賓約百餘人,以發起人身份敘禮,並被推選為首任社長。
1927	昭和2年	50歲	3月22日《臺灣日日新報》刊載,3月20日在臺北蓬萊閣舉辦之全島聯合吟會。其〈孔方兄〉被右詞宗選為第一名。3月24日《臺灣日日新報》刊載,3月22日在臺北江山樓,北部聯吟會主辦的全島詩人懇親會,「時推連雅堂、葉文樞次唱五律詞宗,鄭坤五、邱筱園二氏為次唱七律詞宗」,次唱七律題為〈產婆〉。	2月17日《臺灣日日新報》刊載,擔任崁津吟社第一期徵詩〈楊貴妃醉酒〉之詞宗。4月15日《台灣時報》刊載,〈東閣雅集席敬攀蔗庵督憲瑤韻〉。6月15日《台灣時報》刊載,〈東閣雅集分韻得逢字〉。7月3日《大新吟社詩集》「陶社週年紀念吟會」收錄,〈曝書〉二首。
1928	昭和3年	51歲		1月23日《臺灣日日新報》刊載,陶社第五期徵詩〈伍員〉,第一名。2月9日《臺灣日日新報》刊載,陶社第六期徵詩〈冬日〉,獲第一名。7月1日《臺灣教育》刊載,〈古松〉七絕,四十首錄四,第一名。11月7日擔任大新吟社〈市隱〉詞宗。（大新吟社詩集）12月9日擔任大新吟社〈新柑〉詞宗。（大新吟社詩集）
1929	昭和4年	52歲		1月10日擔任大新吟社〈祝大新吟社成立〉詞宗。（大新吟社詩集）6月20日擔任大新吟社〈清和節〉詞宗。（大新吟社詩集）9月25日《臺灣日日新報》刊載,9月22日五社聯吟大會在大溪街公學校舉辦,擔任〈古渡〉五律之詞宗。11月擔任大新吟社〈蚌珠〉詞宗。（大新吟社詩集）11月8日《臺灣日日新報》刊載,擔任天籟吟社第七期課題〈驪姬〉之詞宗。擔任陶社〈伴食宰相〉之詞宗。（陶社詩集・昭和4-6年）擔任陶社〈社鼠〉七絕之詞宗。（陶社詩集・昭和4-6年）

| 1930 | 昭和5年 | 53歲 | 1月10日《臺灣日日新報》刊載，龍潭庄銅鑼圈公學校學生家長1月4日於三元宮成立保護者會，被選為會長，副會長為蕭慶壽。
2月10日《臺灣日日新報》刊載，2月8日在台中公會堂參加全島聯吟大會，與郭芷函同被推為次唱〈春讌〉七絕之詞宗。
10月30日《詩報》創刊號，為《詩報》撰寫發刊詞，並擔任《詩報》顧問。1941年周石輝在〈詩報發刊十週年回顧談〉中提及創刊經過，言其「更請教於魏潤庵、邱筱園二先生，得其贊同。」才開始編輯工作。 | 4月2日《臺灣日日新報》刊載，3月30日五社聯吟大會在龍潭公學校舉辦，〈枯花雨〉被左詞宗評為第一名。
7月29日《臺灣日日新報》刊載，陶社關西分會第一回課題〈電報〉，擔任詞宗。
10月30日《詩報》創刊號刊載，擔任〈秋桃〉七絕之詞宗。
11月30日《詩報》第2期刊載，擔任陶社第八期課題〈蓮〉七絕之詞宗。
11月30日《詩報》第2期刊載，〈虞美人〉七絕二首，分別被評為一、二名。
擔任陶社〈鬥雞〉之詞宗。（陶社詩集）
擔任陶社〈牧笛〉之詞宗。（陶社詩集） |
| 1931 | 昭和6年 | 54歲 | 3月22日《臺灣日日新報》刊載，3月21日全島聯吟大會在新竹公會堂舉辦，首日首唱之〈雨絲〉五律得左詞宗評為第三名。次子邱維嶽畢業於龍潭農業專修學校。 | 1月17日《詩報》第4期刊載，〈題劉季斬蛇圖〉七古。
1月17日《詩報》第4期刊載，擔任〈遠山〉七絕之詞宗。
2月1日《詩報》第5期刊載，擔任陶社關西支部〈蘇武〉七絕之詞宗。
2月1日《詩報》第5期刊載，擔任〈菜根〉七律之詞宗，其〈菜根〉詩，名次為右二左避。
3月1日《詩報》第7期刊載，〈獵犬〉共三首，名次分別為左一右二，左三右十一，左二五右九。
3月1日《詩報》第7期刊載，擔任以文吟社〈春晴〉七絕之詞宗。
3月16日《詩報》第8期刊載，擔任陶社關西支部〈蘆花〉七絕之詞宗。
4月3日《詩報》第9期刊載，擔任〈毛斷女〉七絕之詞宗。
4月15日《詩報》第10期刊載，擔任陶社關西支部〈湯婆子〉七絕之詞宗。
5月4日《臺灣日日新報》刊載，擔任中壢以文吟社湯錦祥徵聯之詞宗。
5月24日擔任陶社〈望遠鏡〉之詞宗。（陶社詩集）
6月1日《詩報》第13期刊載，擔任大新吟社〈臘月立春〉七律之詞宗。
6月1日《詩報》第13期刊載，擔任中壢宏美吳服店徵聯之詞宗。 |

			7月15日《詩報》第16期刊載,擔任〈張騫〉七絕之詞宗。 7月15日《詩報》第16期刊載,擔任〈秦始皇屎〉七言詩鐘之詞宗。 8月1日《詩報》第17期刊載,擔任〈擘柑〉七絕之詞宗。 10月21日《臺灣日日新報》刊載,10月15日竹北五社聯吟大會在中壢公會堂舉辦,擔任首唱〈秋雨〉七律詞宗。
1932	昭和7年	55歲	4月1日《詩報》32期刊載,3月20日在臺北大龍峒台北孔廟舉辦全島詩人大會,3月21日續開於臺北蓬萊閣,與莊太岳同被推為次日首唱〈屯山積雪〉五律之詞宗。 長子邱維崧畢業於臺北師範學校之公學校乙種本科正教員養成講習科(本科共26人,日籍生14人,臺籍生12人)	1月1日《詩報》第27期刊載,〈廉吏〉七絕二首,名次分別為右二左三,左五右九。 3月30日《臺南新報》刊載,〈報午機〉七絕一首。 4月7日《臺灣日日新報》刊載,〈報午機〉七絕一首。 4月20日《臺灣日日新報》刊載,4月17日五社聯吟大會在八塊公學校舉辦,擔任〈祈晴〉五律之詞宗,又〈踏青鞋〉七絕為第一名。 5月15日《詩報》第35期刊載,擔任崁津吟社課題〈溪園春望〉七律之詞宗。 11月28日《臺灣日日新報》刊載,擔任陶社陳其五徵詩,〈牡丹〉七律之詞宗。 12月1日《詩報》第48期刊載,擔任五社聯吟大會〈黃金臺〉七律之詞宗。 12月1日《詩報》第48期刊載,擔任陶社陳其五氏徵詩〈牡丹〉七律之詞宗。
1933	昭和8年	56歲		7月1日《詩報》第62期刊載,擔任南瀛吟社之顧問。 8月1日《詩報》第63期刊載,擔任頭圍登瀛吟社徵詩〈蘇澳蜃市〉之詞宗。 8月1日《詩報》第64期刊載,〈和少菴四十初度書懷〉。 8月林欽賜編《瀛洲詩集》,收錄〈報午機〉七絕一首。 9月24日《詩報》第67期刊載,擔任「埔里鄉中人士為感徐雲騰君其德徵詩」之詞宗。 10月21日《臺灣日日新報》刊載,10月15日在中壢公會堂舉辦的竹北五社聯吟大會,擔任〈秋雨〉七律之詞宗。

附錄

1934	昭和9年	57歲		1月29日《詩報》第74期刊載，擊鉢錄，瑤玉吟社，〈秋柳〉，名次左七。 4月1日《詩報》第78期刊載，擊鉢錄，陶社，〈蘆衣〉二首，其一名次左八又九。 5月16日《臺南新報》刊載，崁津吟社為祝大溪橋竣工記念展覽會，〈大溪八景〉七絕徵詩，擔任詞宗。 9月28日《臺灣日日新報》刊載，9月24日竹北聯吟會在大溪公會堂舉辦，擔任〈秋望〉五律之詞宗，其〈秋望〉詩被另一詞宗鄭永南選為第一名。 曾笑雲編《東寧擊鉢吟集前集》，收錄〈斷雁〉、〈春水〉、〈秋草〉、〈息嬀〉、〈精衛填海〉、〈楊妃病齒〉、〈秋宮怨〉、〈寒鴉〉、〈晚鐘〉、〈蘇小墓〉、〈踏青鞋〉、〈遠山雪〉、〈懷中電火〉、〈古松〉、〈紙鳶〉、〈白雁〉。
1935	昭和10年	58歲	11月29日臺灣新民報社發行之〈全島市會議員及街庄協議會員一覽表〉刊載，獲選為民選之龍潭庄協議會員 12月1日《詩報》118期刊載，10月27日與28日慶祝始政四十週年紀念臺灣博覽會 全島詩人聯吟大會在蓬萊閣舉行，擔任第二日次唱〈人海〉之詞宗。	6月賴子清編《臺灣詩醇》收錄〈桃花源〉、〈秋望〉、〈紙鳶〉。 6月1日《詩報》106期刊載，〈花月酒〉，名次左一右十四、〈花月酒〉，名次左二右十一。 7月15日《詩報》109期刊載，擔任〈竹山巖即景〉五律之詞宗，其〈竹山巖即景〉詩，名次右二十左避。 9月1日《詩報》112期刊載，〈蓮山〉，名次第八名。 11月18日《詩報》刊載，〈重陽雅集〉為竹北五社聯吟第一名。 12月25日《詩報》119期刊載，〈項羽〉。
1936	昭和11年	59歲		曾笑雲編《東寧擊鉢集後集》收錄〈相思樹〉二首、〈桃花源〉二首、〈菜根〉、〈項羽〉。
1938	昭和13年	61歲	四子邱維翰畢業於龍潭農業專修學校。	1月16日《風月報》第56期刊載〈祝黃則修先生古稀晉四雙壽〉。又見於6月16日《詩報》179期，慶弔欄，詩題改為〈祝黃則修先生古稀晉五雙壽〉。
1939	昭和14年	62歲	11月24日《臺灣日日新報》刊載，獲選為民選之龍潭庄協議會員	7月17日《詩報》205期刊載，擔任萍聚社〈浣女〉七絕之詞宗。 7月24日《風月報》90期刊載，擔任謝鳳池氏徵聯之詞宗。

1940	昭和15年	63歲	次子邱維嶽擔任玉峰茶葉工場理事長。 三子邱維垣入臺北帝國大學醫學專門部，為1945年改制為臺灣大學醫學系之後的第一屆畢業生。	10月18日《詩報》234期刊載，擔任南洲吟社〈醉眸〉七絕之詞宗。 12月黃洪炎編《瀛海詩集》，收錄〈看劍〉、〈老妻〉、〈伍員〉、〈埔里道中〉、〈獅山〉其二、〈獅山〉其四、〈海會庵聽經〉、〈寒鴉〉。
1941	昭和16年	64歲		1月1日《風月報》121期刊載，擔任天籟吟社〈玉連環〉七絕之詞宗。 1月19日《風月報》122期刊載，擔任栗社楊如昔徵詩〈催花詔〉之詞宗。 1月19日《風月報》122期刊載，擔任鯤島同吟第六期徵詩〈酒旗風〉七絕之詞宗。 6月22日《詩報》250期刊載，擔任陶社第一期徵詩〈鶯遷〉七律之詞宗。
1942	昭和17年	65歲	4月20日《詩報》270期，公告，4月7日猝逝於銅鑼圈故宅，4月10日舉行告別式。	4月20日《詩報》270期刊載，擔任陶社第四期徵詩〈紅茶〉七律之詞宗。

語言文學類　PG1071

日治時期臺灣漢詩人
——邱筱園詩集

編　著　者/李嘉瑜
責任編輯/黃姣潔
圖文排版/詹凱倫
封面設計/秦禎翊

發　行　人/宋政坤
法律顧問/毛國樑　律師
出版發行/秀威資訊科技股份有限公司
　　　　　114台北市內湖區瑞光路76巷65號1樓
　　　　　電話：+886-2-2796-3638　傳真：+886-2-2796-1377
　　　　　http://www.showwe.com.tw
劃撥帳號/19563868　戶名：秀威資訊科技股份有限公司
　　　　　讀者服務信箱：service@showwe.com.tw
展售門市/國家書店（松江門市）
　　　　　104台北市中山區松江路209號1樓
　　　　　電話：+886-2-2518-0207　傳真：+886-2-2518-0778
網路訂購/秀威網路書店：http://www.bodbooks.com.tw
　　　　　國家網路書店：http://www.govbooks.com.tw

2013年11月　BOD一版
定價：350元
版權所有　翻印必究
本書如有缺頁、破損或裝訂錯誤，請寄回更換

國家圖書館出版品預行編目

日治時期臺灣漢詩人：邱筱園詩集 / 李嘉瑜編著. -- 一版.
-- 臺北市：秀威資訊科技, 2013. 11
　　面；　公分. -- (語言文學類 ; PG1071)
　BOD版
　ISBN　978-986-326-208-4 (平裝)

863.51　　　　　　　　　　　　　　　　102022530

讀 者 回 函 卡

感謝您購買本書,為提升服務品質,請填妥以下資料,將讀者回函卡直接寄
回或傳真本公司,收到您的寶貴意見後,我們會收藏記錄及檢討,謝謝!
如您需要了解本公司最新出版書目、購書優惠或企劃活動,歡迎您上網查詢
或下載相關資料:http:// www.showwe.com.tw

您購買的書名:＿＿＿＿＿＿＿＿＿＿＿＿＿＿＿＿＿＿＿＿＿＿＿＿

出生日期:＿＿＿＿＿年＿＿＿＿＿月＿＿＿＿＿日

學歷:□高中 (含) 以下　　□大專　　□研究所 (含) 以上

職業:□製造業　□金融業　□資訊業　□軍警　□傳播業　□自由業
　　　□服務業　□公務員　□教職　　□學生　□家管　　□其它＿＿＿

購書地點:□網路書店　□實體書店　□書展　□郵購　□贈閱　□其他

您從何得知本書的消息?

　　□網路書店　□實體書店　□網路搜尋　□電子報　□書訊　□雜誌
　　□傳播媒體　□親友推薦　□網站推薦　□部落格　□其他＿＿＿＿＿

您對本書的評價:(請填代號　1.非常滿意　2.滿意　3.尚可　4.再改進)

　　封面設計＿＿　版面編排＿＿　內容＿＿　文／譯筆＿＿　價格＿＿

讀完書後您覺得:

　　□很有收穫　□有收穫　□收穫不多　□沒收穫

對我們的建議:＿＿＿＿＿＿＿＿＿＿＿＿＿＿＿＿＿＿＿＿＿＿＿

＿＿＿＿＿＿＿＿＿＿＿＿＿＿＿＿＿＿＿＿＿＿＿＿＿＿＿＿＿＿＿

＿＿＿＿＿＿＿＿＿＿＿＿＿＿＿＿＿＿＿＿＿＿＿＿＿＿＿＿＿＿＿

＿＿＿＿＿＿＿＿＿＿＿＿＿＿＿＿＿＿＿＿＿＿＿＿＿＿＿＿＿＿＿

11466
台北市內湖區瑞光路 76 巷 65 號 1 樓

秀威資訊科技股份有限公司 　　收

BOD 數位出版事業部

....

（請沿線對折寄回，謝謝！）

姓　　名：＿＿＿＿＿＿＿＿　年齡：＿＿＿＿　性別：□女　□男

郵遞區號：□□□□□

地　　址：＿＿＿＿＿＿＿＿＿＿＿＿＿＿＿＿＿＿＿

聯絡電話：(日) ＿＿＿＿＿＿＿＿　(夜) ＿＿＿＿＿＿＿＿

E-mail：＿＿＿＿＿＿＿＿＿＿＿＿＿＿＿＿＿＿＿